森絵都

獣の夜

朝日新聞出版

目次

雨の中で踊る　5
Dahlia　51
太陽　59
獣の夜　87
スワン（『ラン』番外編）　143
ポコ　171
あした天気に　177

獣の夜

雨の中で踊る

「行くとこないなら、フットマッサージでも行ってきたら」

妻が突然そんなことを言いだしたのは、世にも悲惨なリフレッシュ休暇の最終日、夫婦差し向かいで会話のないランチを終えたあとだった。

「フットマッサージ？」

「行ったことないでしょ。気持ちいいよ。すっきりするし、体にもいいしね」

「ふうん」

「ずっと家にいて、体がなまってるんじゃない。明日からまた仕事なんだし、ちょっと行ってシャンとしてきたほうがいいよ、シャンと。足裏のツボを刺激すると血流がよくなるし、内臓も元気になるしね。顔も引きしまるかもよ、むくみが取れるから」

ツボ押しの効能を並べあげる声を聞きながら、私は去年、妻からふいに「優佳《ゆうか》が結婚したって」と、都内で一人暮らしをしていた娘の結婚を過去形で報告されたときのことを思い出していた。妻は平気な顔で突拍子もないことをするきらいがある。こういう人だ、と思うしかない。

「君の話を聞いてると、なんだか足裏のツボで痔《じ》だって治りそうだな」

「あ、治るかもね」

妻には皮肉も通用しない。

「一度、相談してみれば。私、予約してあげるから、駅前の『MOMUMOMU』。二時からでいいよね。ちょうど私、二時からオンライン会議だし」

要するに、妻はオンライン会議中、目障りな夫を家から追いだしたいのである。

「南口を出てすぐのとこだよな」

この時点で私はすでに抵抗をあきらめ、行ってみるかという気になっていた。私にしても、リビングの続き間で妻が会議に参加している間中、極限までテレビの音をしぼったり、トイレへ行くのを遠慮したり、寝室にこもってスマホをいじったりしているくらいなら、外で誰かに足を揉《も》んでもらっているほうがいい。

どうせならば早めに出て駅前のイオンでもぶらつこうと、手早くランチの皿を片付け、ボトムスのスウェットをデニムに穿《は》き替えた。上は半袖《はんそで》の白いTシャツのまま玄関へ向かう。

と、背後から妻の声が追ってきた。

「その格好で行くの?」

その格好が含んだ非難のニュアンスに立ち止まった。

「おしゃれが必要なのか」

「違う、違う。フットマッサージを受けるときって、膝上《ひざうえ》十センチくらいまでパンツの裾《すそ》をめくりあげなきゃいけないの。そのジーンズじゃ無理でしょ」

「そうだな。けど、スラックスだって無理だろ」

「短パンとかないの？」

「ないよ」

「まさか。どっかにあるよ」

一度言いだしたら引かない妻は、短パンを持っていない人間などこの世に存在しない、という信念のもとに寝室へ急ぎ、タンスの引きだしをガサゴソとあさること数分、やがて「あった」とダークグレーのぺらっとしたパンツを引っぱりだした。

「ほら、やっぱりあったじゃん」

その勝ちほこったドヤ顔に、私は残念な真実を告げた。

「それは海パンだよ」

「え」

「ずいぶん前に買った海パン。もう何年も穿いてない」

「ほんと？　でも短パンに見えるよ」

「ま、見た目はな。丈も長めだし」

「短パンだと思えば短パンだよ。これ穿いていきなよ」

「は？　海パンでマッサージ受けるのか」

「だって、これしかないんでしょ」

「それはそうだけど、海パンだぞ」

「誰もわかんないって。自意識過剰なだけだよ。とりあえず、ちょっと穿いてみれば」

合点がいかないながらも私がすごすご海パンに足を通したのは、「自意識過剰」の一語に少しばかり動揺したためだ。

穿いてみると、たしかにそれは短パン風だった。鏡に全身を映しても、街にいる人間の身なりとしてさしたる違和感はない。素材の質感も一般的な春夏用パンツに近く、丈もひざの下まである。

「ほら、なんの問題もないじゃん。どこからどう見ても短パンだよ」

「そうかなあ」

「上出来、上出来。どうせすぐそこまで行ってフットマッサージして帰ってくるだけでしょ」

言われてみれば、実際、駅前まではたかだか往復三十分の距離である。ひさびさの海パンは妙にすうすうして落ちつかないものの、脱いだデニムにまた穿き替えるのも面倒くさい。なにより、これ以上この問題で揉めていることに嫌気が差してきた私は、日々の常である「ま、いっか」の精神で海パンに甘んずることにした。

妻の魂胆を知ったのは家を出る直前だ。

「けど、短パンも海パンも持ってない客は、どうやってフットマッサージを受けるんだ？」

ふと疑問をおぼえた私に、妻は悪びれもせずしゃらりと言ってのけた。

「レンタルのショートパンツがあるけど、そこのは高くて二百円もするんだよ」

十五階建てマンションの七階からエレベーターで下り、広い通りに面した正面玄関をくぐると、九月のぬるい風がむきだしの脛《すね》をくすぐった。曇り空のわりに気温は高いが、真夏の熱気や湿気は去り、空気はほどよく乾いている。

平日のせいか、コロナのせいか、路上の人影はまばらだった。通りの向こうからちらほらやってくる人々も、誰も私の海パンをじろじろながめたりはしない。五十路《いそじ》を前にした中年男へのごく一般的な無関心に胸をなでおろした。

思えば、そもそも短パンと海パンのあいだに明確な一線など存在しないのかもしれない。海パンは海で穿いてこそ海パンなのであって、街で穿けば、それはただの短パンだ。少なくとも傍目《はため》にはそう映る。

駅へ近づくほどに私の意識は下半身から解放されていった。代わって胸に寄せてきたのは、レンタルパンツの二百円をケチる妻への不満である。

この十日間、妻と表立った衝突はしていない。しかし、家にいる私を在宅ワーク中の妻が煙たがっているのは明々白々で、彼女はそれを「ため息」「だんまり」「眉間《みけん》のしわ」「扉バタン」などで多彩に表現し続けた。私としてもそんな妻といるのは苦痛でしかなく、散歩に出たり、図書館へ行ったり、映画を観たり、スタバでコーヒーを飲んだり、可能なかぎりぶらぶらはしてみたつもりだ。それでも、緊急事態宣言下の街で市民にできるぶらつきには限界がある。誰も好きでこんな時期にリフレッシュ休暇を取ったわけではない。

妻への不満は融通のきかない会社への怒りへと波及した。入社二十五年目に十日間のリフレッシュ休暇。たしかにそれが我が社の規定ではある。とはいえ、全世界がコロナウイルスに振りまわされている今、せめてもう少し事態が落ちつくまで休暇の取得を持ちこさせてくれるくらいの温情があってもいいのではないか。「決まりは決まり。これ以上引きのばしたら他の社員に示しがつかない」と、半ば強引にリフレッシュを押しつけてきた役員は、社員の勤労を本気で労《ねぎら》う気があるのだろうか。

胸にもやつく鬱屈《うつくつ》が爆《は》ぜたのは、車道を挟んだ歩道と新浦安駅をつなぐ歩道橋へ差しかかったときだった。

そこから見える山影に目をやった瞬間、カッカしていた頭の熱が引き、急に心が醒《さ》めきった。

何やってんだろう、俺。

素朴な疑問が寄せてくる。毎朝毎晩、あの山を横目に家と会社を往復し続けた挙げ句、楽しみにしていたリフレッシュ休暇の旅行はパンデミックにつぶされ、妻と二人の家ではだらだらするにも気を遣い、結局のところ少しもくつろげなかった十日間の最終日、何が嬉しくて俺は海パン姿でフットマッサージ店へ向かっているのだろうか。

何かが間違っている。猛烈な違和感に足が止まった。自分がひどくバカげたことをしているような。何もかもが不自然で道理に反しているような。

明日から私がいなくなることにほくほくしている妻の気まぐれに従って、唯々諾々《いいだくだく》と指定された店で足の裏を差しだす。そんなことに俺は今日という一日を使うべきじゃない。俺がすべきは――ふっと下半身へ目を落とし、私は自然な答えに行きついた。

そうだ。海へ行こう。

南口のマッサージ店から海へ。すみやかに目的地を変更した私は、通過するはずだった駅の改札をくぐり、京葉線《けいよう》のホームへ降り立った。数枚のカードと二万円弱の現金が入った財布、そしてスマホ。海パンのポケットにあるこの二つが私の全所有物だった。遠出には向かない軽装でめざしたのは幕張《まくはり》の海岸だ。新浦安にも海岸はあるけれど、この街全体を覆う空気と同様、いかにも小綺麗《こぎれい》で整然としている。今の私には幕張のさびれた海が恋しい。かつて私が通った公立高校は幕張の浜から徒歩二十分ほどの距離にあり、よく友達と授業を抜けだして海辺をぶらついた。その郷愁に引っぱられた。

蘇我《そが》行きの電車は思いのほか混みあっていた。海浜《かいひん》幕張までは五駅。東京の仮面をかぶったような新浦安のマンション群は、電車が走りだして間もなく窓の向こうを流れ去り、その先には昔ながらのぶっきらぼうな千葉が広がっていった。煤《すす》けたビルや不揃《ふぞろ》いな家並み、色褪《いろあ》せた看板などが通りすぎるたび、マスクに覆われた鼻の呼吸が少しずつ楽になっていく気がする。

やがてふたたび行儀のよさそうな高層ビル群が空を塞《ふさ》ぎ、海浜幕張駅で電車が止まると、同じ車両にいた半数近くがホームへ流れ出た。歩調の速いスーツ姿の波が向かったのは海側の国際会議場だ。コロナ禍に於《お》いても商売がらみの催しは健在らしい。Tシャツに海パンの私は完全に浮いていたものの、ビジネスマンたちは金の匂いのしない人間になど目もくれず、まっすぐ前をめざしていく。彼らがゴールとする会議室やら展示場やらの先にさびれた海が広がっているなど想像だにしていないように。

いや、その海は本当にまださびれているのだろうか――。

約三十年前、私が高校生だったころとはまるで違う駅前をながめまわすにつれ、不安が忍びよってきた。かつてはなかった歩道。かつてはなかった商業ビル。かつてはなかったアウトレットパーク。ひさしぶりに訪れた海浜幕張は私の郷愁を裏切るにぎわいを見せている。

幕張新都心構想の下に一九七〇年代後半から開発が始まったこの一帯は、バブル崩壊のインパクトをてきめんに喰《く》らい、初期に描かれた華々しい青写真からはほど遠い中途半端なオフィス街へ育ち、パッとしないまま廃れていくのだろうと高校のころは思っていた。が、目の前の盛況から推測するに、野心満々の「新都心」から「イベントとショッピングの街」へと舵《かじ》を切り替えたことで、いつのまにかそれなりに息を吹き返していたようだ。

きらやかに変身した街並みに、もはやノスタルジアは望めない。となると、頼みの綱はやはり海である。これで海岸までが立派なビーチに生まれ変わっていたら、もはや思い出の浸りどころがないというものだ。

駅から五分ほどの陸橋でスーツ姿の波が右手へ折れると、一気にがらんとした道に残された私の足は次第に減速していった。海の現状を見たいような、見たくないような。絶対にまださびれているとどこかで信じている半面、開発の波に押し流された姿が透けて見える気もする。

広い車道をまたぐ二つ目の陸橋に差しかかったところで、ついに私の足は止まった。海はもうすぐそこだ。風が潮の匂いを運んでくる。なのに心が決まらない。

「あの、すみません」

ふいに背後から声をかけられたのは、私が陸橋の欄干にもたれて長々と物思いにふけっていたときだった。

振りむくと、いかにも人のよさそうな丸顔の中年男がいた。

「海へ行かれるんですか」

いともにこやかに鋭いことを問われ、どきっとした。

なぜわかるのか。とっさに警戒したものの、男の視線の先には私の海パンがある。

なるほど。海パンは海で穿いてこそ海パン、という論理が正しければ、海への距離を縮めた今、私の海パンはにわかに本領を発揮しはじめたのだ。

「海へ行こうか迷いながら、物思いにふけっていたところです」

私が正直に答えると、男はつぶらな目を瞬き、すまなそうに低頭した。

「それはどうも、お邪魔しちゃってすみません」

年は四十前後といったところだろうか。短めの髪をオールバックにし、墨で描いたような眉毛《まゆげ》を八の字に垂らした男には、初対面にして心のネジをゆるめずにいられない独特の可愛げがある。

「いえいえ、たいした物思いではありませんから。それより、何か？」

「いえ、あの、その……」

ためらいがちに男は言った。

「じつは、僕も海へ行くところなんです。でも、なかなか海が見えてこないから不安になってきて……。本当に海、あるんですか、この先に」

頼りなげに前方を見やる男の目を追うと、たしかに、海岸の手前に生い茂る雑木林にさえぎられて、そこにあるべき海は見えない。

「大丈夫。海はありますよ」

地球は丸い、というくらいの確信をこめて私は言った。

「あの雑木林の向こうです。このまま行けば五分としないで海です」

「ああ、そうですか。よかった。ありがとうございます」

男は顔全体に安堵《あんど》の色を広げ、よかった、よかったとくりかえした。それでいて、なかなか海へ歩きだそうとはしない。いつまでもにこにこと目を細めて私のそばにいる。

妙な沈黙のあと、「あの」と男がふたたび口を開いた。

「海へ行くか、まだ迷われてるんですか？」

「え。ああ……はい」

予期せぬ追及に戸惑いながらも私がすんなり応じたのは、誰ともろくに口をきいていなかったこの十日間、それ相応の人恋しさを募らせていたせいでもあったかもしれない。

「海へ行こうか迷ってるうちに、ちょっと別のことを考えだしちゃって。それで物思いにふけっていたんです」

「別のこと？」

「あのホテル」

と、私は腕を差しのべ、欄干の先にそびえるホテルを指さした。

「あれ、今はアパホテルですけど、一昔前はプリンスホテルだったんですよ。でね、ここからは見えないけど、あっちの方にあるイオンとＺＯＺＯパーク、あのあたり一帯は、昔は高校だったんです。幕張西高校。私の母校です。隣り合わせに幕張東高校と幕張北高校もありました」

「へえ。三つも高校があったんですか」

「はい。千葉県がね、学園のまち構想なんてのを立ちあげて、鳴り物入りで造った三校です。ただし、私が卒業して何年かあとに廃校になったんで、今じゃ影も形もありませんけどね」

「廃校に?」

「正確には、三校を統合した幕張総合高校ってのになって移転したんですけど、それはもう、我々の母校じゃありませんよ。似て非なる高校です」

「ああ、そうですよね。そうでしょうね」

深々とうなずく男の声は、親身に寄りそおうとする意欲にあふれていた。

「お察しします。母校がなくなるっていうのは、実際、さびしいものでしょうね」

と、一瞬言いよどんでから、私は率直に打ち明けた。

「それがね」

「私もそう思って、廃校になってからはこのへんに足を向けてなかったんですが、しかし、いざこうして昔の面影なんか一つもない景色をながめてると、かえってさっぱりするっていうか、あきらめがつきますね」

「え」

「なくなっちゃったもんはしょうがないな、って。いろんなものが失われていく。さくっと造られては壊されていく。私の母校だけじゃありません。どうせ高校、もう通わないですし、あってもしょうがないっちゃしょうがないですしね」

相槌《あいづち》に困っている男に、私は「それより」とふたたびホテルを指さした。

「考えてたのは、あのホテルのことです。アパホテル。なかなか人気があるみたいですね」

「え……あ、はい。いろんな風呂があるんですよね。露天風呂とか、檜《ひのき》風呂とか」

「私、アパホテルって泊まったことないんですよね」

「あ、そうなんですか」

「自分がアパホテルに泊まってる姿を想像したこともありません」

このおっさんはいったい何を言いだしたのか。そう訝《いぶか》られているのを承知で私は続けた。

「でも、さっき初めて想像したんです。今夜、あそこに泊まってる自分を」

「今夜、ですか」

「はい」

「わりと急ですね」

「じつは今日、私のリフレッシュ休暇の最終日なんです」

「えっ」

「入社二十五年目にして初めてもらった十日間の自由時間です。もうね、二年前から旅行の計画を立てて、指折り数えて待ってました。それが、コロナでパーです。海を越えるどころか県をまたぐのもはばかられる昨今ですから」

「それは、なんとも言葉にならないくらいお気の毒な話で……」

顔全体に憐憫《れんびん》を張りめぐらせる男に、私は「いえいえ」とあわてて首を揺らした。

「初対面の方に変な愚痴を吐いて、すみません。そんなに深刻な話じゃないです。私なんて全然いいほうです。世の中にはコロナでもっと苦しんでいる人たちが大勢いますからね。ただね、無為に過ぎたリフレッシュ休暇の最終日に、一日だけ、あのホテルに泊まるくらいの浮かれた時間を自分に与えてやってもいいんじゃないかって、つかの間、そんな夢を見ちゃったんです」

夢。自分で言って、自分で笑った。

しかし、男は笑わなかった。

「夢じゃないですよ。全然、夢じゃないです。ぜひご自分にご褒美をさしあげてください」

「いや、でも、妻がなんて言うかなあ」

「奥さんも呼べばいいじゃないですか」

「や、それはありません。第一、私は今ごろ足を揉まれてるもんだと妻は思ってるんですよ」

行きがかり上、妻に海パンを穿かされて家を出た経緯《いきさつ》をざっと話すと、男はいよいよ勢いづいた。

「そういうことなら、ますます泊まるべきですよ。フットマッサージへ行くつもりで海に来たのなら、その先にアパホテルがあってもいいはずです」

「そうかなあ」

「アパホテル、たしかプールもあるはずです。海パンが求めてるんですよ」

「そこまで海パンに委《ゆだ》ねるのも……」

「リフレッシュ休暇の最終日ですよ。最後くらい自由に羽を伸ばしてください。明日からまた仕事なんでしょう」

「そこなんですよね。現実的に考えると、明日の朝、始発でいったん家に帰って、着替えて、それからまた会社に行くっていうのも……」

押せば引くの法則通り、男が前のめりになるほどに、私の夢は現実の垢《あか》をまとっていく。

「では、こういうのはどうでしょう」

不毛なやりとりのあと、男が話の矛先《ほこさき》を変えた。

「まずは海へ行く。で、海を見ながらじっくり今夜のことを考えればいいんじゃないですか」

「なるほど。海を見ながら考える。いいかもしれませんね」

「よかったらご一緒させてください。改めまして、私、オカと申します。よろしくお願いします」

「こちらこそよろしく。私は永井です」

かくして私には一緒に海へ向かう道連れができたのだが、それはすなわち、私がオカの道連れになったことも意味していた。

「おかしいな。どっかに道があるはずなんだけど」

「海、ほんとにあるんですか」

「それは保証します。海だけは誰にも壊せませんから」

陸橋から海まではわずか数分であるはずが、肝心の通り道が見つからず、私たちはうろうろと辺りをさまよい歩くはめになった。なにぶんにも三十年前とはすべてが一変している。千葉マリンスタジアムがZOZOマリンスタジアムへ名を変えたのと同様に、かつての荒れ地は手入れの行き届いた公園と化し、目につくのはサッカーコートやらテニスコートやらのスポーツ施設ばかりで、海への入口を匂わせるものがない。

人工芝に渡されたコンクリートの小径《こみち》をうろついているうちに、長袖シャツにチノパン姿のオカは汗ばんできたらしく、しきりに額をぬぐいはじめた。雲の切れ間からのぞく日射しを除《よ》けるように手をかざし、その甲で広い額をこする。その都度、彼が目の端でちらりと腕時計を確認するのを私は見逃さなかった。

彼は時間を気にしている。その発見が、善人のサンプルみたいな男に不審な影をかぶせた。

そもそも彼はなぜ海へ来たのか。平日の昼下がり、四十前後の男が単身で海をめざすのにどんな理由があるのか。なぜやたらと私にくっついてくるのか。

考えだすとこの男特有の人懐っこさまでが疑わしく思えてくる。

「あのう」

ついに私は黙っていられなくなった。

「海で、どなたかとお約束でも？」

可能性の一つとして考えていたロマンティックな事情は、ぴたっと足を止めたオカの横顔を見るなり消えた。にこやかな仮面は剝《は》ぎとられ、その瞳はにわかに硬化している。

「ある人に会うんです」

重い口ぶりでオカは言った。

「フェイスブックの知り合いですけど、リアルで会うのは初めてで」

ＳＮＳ上の知人と直《じか》に会う。このご時世、それ自体はさほどめずらしくもないだろう。気になるのは彼の異常な汗から伝わってくる緊迫感だ。

「あの、どういったお知り合いで？」

地面に足を据えたまま動きだそうとしないオカの表情をうかがうと、こわばった口から現れたのは謎の言葉だった。

「僕の相談相手です。年上の男性ですけど、彼、生き方のカリスマなんです」

「はい？」

「生き方のカリスマです」

耳を疑う私に、オカが抑えた声でくりかえす。

「なんていうか、迷える人たちの背中を押す、みたいな活動をしてる人なんです。おかげで生きるのが楽になったって人たちが大勢います。それで、僕も勇気を出してセッションをお願いしたんです」

「セッション」

「マンツーマンの相談会です。今日の三時に幕張の浜へ来るようにって言われました」

三時。腕時計を見ると、すでに五分ほど過ぎている。

「じゃ、とにかく急いだほうが……」

オカの話はさっぱり要領を得ず、私にはそのカリスマがどこの何者か見当もつかなかったが、これ以上この話に深入りしたくもなかった。とりあえず彼を海岸まで連れていき、そこで別れよう。あとはカリスマに任せればいい。そう決めて「さあ」と促すも、オカは頑として歩きだそうとしない。

その上、とんでもないことを言いだした。

「あの、もしよかったら、セッション、永井さんも一緒につきあってもらえませんか」

「は?」

「正直、一人で受けるのは心細くて」

「心細いって、そんな。なんで私が……」

あっけにとられる私に、オカは子犬のようにまっすぐ縋《すが》ってきた。

「だって、永井さんだって迷える人間の一人じゃないですか。アパホテルに泊まろうか迷ってるんでしょう。カリスマに会えば答えが見つかりますよ」

「いや、カリスマに会わなくなったってその程度の答えは……」

「わかります。永井さん、怪しんでるんでしょう。でも、けっして怪しい人じゃないんです。いや、怪しいかもしれないけど悪い人じゃないんです。その証拠に、彼はいっさいお金を取りません」

「無料なんですか」

「はい、身元も確かです。今は生き方のカリスマですけど、昔はロックンローラーで、ラウド系バンドのボーカルをやってました。知る人ぞ知るって存在で、僕なんか今日、会えるだけでも夢みたいなんです。彼が作った曲、今でもＹｏｕＴｕｂｅで聴けますけど、いいねの数がハンパないんです。本当にいい曲ばっかりです。悪い人じゃないんです」

「しかし、それはそれ、これはこれで……」

「お願いします。ファンすぎて会うのが怖くなってきたんです。二人とか無理です」

生き方のカリスマ。元ロックンローラー。オカが語れば語るほどに謎の人物はその輪郭を暈《ぼ》かし、何が何だかわからなくなっていく。それでも私がオカの頼みを最後まで突っぱねることができなかったのは、新生児なみに素直で警戒心が薄そうな彼にほだされたのと、心の深奥で「迷える自分」を認めていたのと、その両方だろうか。

「私、飲食業をやってるんです」

止《とど》めはオカの告白だった。

「十三年間、路地裏で細々とバーをやってきましたけど、今月で閉店すべきか迷ってます」

私はオカの肩を叩《たた》き、ふたたび海への入口を探しはじめた。

壁のようにめぐらされた雑木林の狭間《はざま》に人ひとり通れる程度の道を発見したのはオカだった。結局、本来の入口がどこにあるのかわからないまま、私たちはチクチクした枝を絡ませ合う木立のあいだをくぐっていった。直後、時間のトンネルを抜けて三十年前へタイムトリップしたかのような錯覚にとらわれた。

見事にさびれたままの海岸がそこにはあった。

あらゆるものが新しく艶めいていた雑木林の向こう側とは裏腹に、そこではすべてがあるがままの姿で放られ、打ち捨てられていた。砂さえあればいいだろと言わんばかりの砂浜に、かったるそうに寄せる波。海の水は仄暗《ほのぐら》いネズミ色で、沖に点々と連なる船影は、これが泳ぐためではなく魚を捕るための海であることを裏付けている。私の海パンも萎縮するほど原始的な海だ。二十一世紀を思わせるのは地平線から突きだした東京スカイツリーのシルエットくらいか。

「これぞ幕張だ」

地味を絵にしたこの海岸で、昔はよく友達と気安い時間を共にした。好きな音楽の話をしたり、意中の女子をひやかし合ったり、将来の夢を語ったり。進学校ではなかった私たちの高校にはむんむんした野心家はいなかったものの、十代の特権として、当時はまだ誰もが根拠のない自信を胸に宿していた。世界は広く、その広い世界にはいくらだって自分たちの居場所があるものと信じて疑わなかったあのころ——。

「あれー。どこだろ」

私の郷愁をオカの声がさえぎった。海と対峙《たいじ》する私の傍らで、彼はさっきからきょろきょろとカリスマを探している。

つられて辺りを見回すも、寒々とした砂浜に人の気配はほとんどなく、目につくのは波打ち際をぶらつく老人と犬の影だけだった。

おそらくオカはうまいこと担がれたのだろう。こんな海にカリスマなどいるものか。

そう決めつけた私が思い出の中へ引き返そうとした矢先、浜の奥まった方へと進んでいったオカが「いました、いました」と私を手招いた。

「あっちにいました。本物です」

マジか。内心ぎょっとしながらも、やむなく砂に刻まれた足跡をたどっていく。と、なだらかに湾曲した浜の先に黒い孤影が見えてきた。流木を尻に敷き、寂《せき》として動かないその男は、長く風雪にさらされた像のようでもあった。

意外だったのは、ゆるくウエーブした半白《はんぱく》の髪を後ろで縛った彼がかなりの高齢であったこと、そしてその体をチャコールグレーのスーツに包んでいたことだ。足にはよく磨かれた革靴が光っていた。ここが砂浜でなかったら、さぞやちゃんとした人物に見えたことだろう。

「遅くなってすみません」

男まであと数メートルというところで、たまりかねたようにオカが駆けだした。

「じつは僕、ここへ来るあいだに道に迷っちゃいまして、あの方……永井さんに声をかけたら、永井さんも人生に迷ってることがわかって、一緒に来させてもらいました。勝手にすみませんが、もしよかったら一緒にセッションを受けさせてもらえませんか」

カリスマに会ったらこう言おう、とあらかじめ考えていたのだろう。いかにも台本通りに弁解しているオカへ歩みよっていくと、流木上の男は眼光鋭く私を一瞥《いちべつ》し、のっそり腰を持ちあげた。優に百八十センチはありそうな大男だった。

「もちろん歓迎しますよ」

よく響く低声で男は言った。

「初めまして、トシヤです」

物腰柔らかに会釈をされた瞬間、私はぎこちない会釈と共に、とっさに自分のファーストネームを返していた。

「あ……タクです」

トシヤのノリに惑わされた。

と、そこにオカも乗っかった。

「じゃ、僕はヨースケでお願いします」

トシヤ。タク。ヨースケ。互いの下の名を交換したところで、まずは座って落ちつこうということになった。私とオカ――もといヨースケは、トシヤを真ん中に挟む形で、その左右に延びる流木に向かいあって腰かけた。もとよりそこは焚《た》き火スペースのような場所らしく、人為的なコの字を象《かたど》る流木の内側には炭のかけらが散っている。

「改めまして、今日はよろしく。ヨースケ、新しい仲間と出会わせてくれてありがとう。

タク、私のことはヨースケから聞いていますか」

重量感のあるトシヤのまなざしを受けとめ、私はありのままに答えるしかなかった。

「はい、あの、生き方のカリスマと……」

「それは周りが言っていることで、自称しているわけじゃありません。元ロックンローラーと言われることもありますが、私自身は生涯を通して詩人を名乗ってきました。今では年を取った詩人です」

七十代の半ばか、それよりも上か。若いころはさぞ美男子だったであろうトシヤの顔には、存分に陽《ひ》を浴びてきた人間特有のシミが色濃く、額や目元のしわも深い。それでいて声だけは妙にみずみずしい。

「勝手気ままに詩を綴《つづ》りながら、最近は頼まれるとこうして人と会い、話を聞いたりもしています。ただ聞くだけですよ。迷いから抜けだすのは皆さん自身です。なので過度な期待はしないでください。そして安心してください。私は演説にも説教にも興味ありませんから」

その言葉にひとまず安心した。これまでのサラリーマン人生の中で演説好きや説教好きにむしり取られてきた時間を換算したら、名画の百本は余裕で観られることだろう。

「今日、ここに来た君たちは、何かしらの問題を抱えて人生に迷っている。私にできるのはそれに耳を傾けることのみです。どうか好きなように好きなだけ話してください」

ヨースケと私を交互に見つめ、トシヤは「ただし」と言い添えた。

「一つ約束してください。自分の問題と他人のそれとを比べて卑下したりしないと」

「卑下？」

「このコロナ禍での顕著な傾向です。どんなに自分が困っていても、もっと困っている人がいるからと、人と見比べて自分自身の問題を貶《おとし》めてしまう。結果、愚痴のひとつもろくにこぼせず、皆がますます追いつめられています」

心当たりがあるのか、ヨースケが神妙に目を伏せた。無論、私にも思うところはある。

「今日はそんな気兼ねはいっさい忘れ、存分に胸の内を吐きだしてください。今、ここにあるのは我々三人きりの宇宙なのですから」

私にはいまだにこのトシヤという男が何者なのかさっぱりわからなかったが、しかし、たとえ彼がカリスマでも元ロックンローラーでも詩人でもないただのホラ吹き野郎であったとしても、瞳の鋭利さに反したその穏やかな語り口の中に、とりわけその美しい声色に、抗《あらが》いがたく人を引きつけるものがあるのは認めざるを得なかった。彼が「宇宙」と口にした瞬間、さびれた海も無限の銀河と化すような。

「では、まずはヨースケから始めましょう」

こうして、まさか本当に受けることになるとは思わなかったセッションが始まった。

他人の人生なのでヨースケの話の八割方は割愛させてもらう。

要点のみを凝縮すると、幼い頃から温厚でヘラヘラしていたヨースケは、周りに舐《な》められながらも大方《おおかた》平和な学生時代を送り、大学卒業後は某製薬会社に就職、するとたちまち上司から「ヘラヘラするな」と毎日叱責《しっせき》されるようになり、二年と持たずに精神のバランスを崩して退社、その後は常連だったバーのバーテンダーとして働いていたところ、オーナーから「君には天賦の愛嬌《あいきょう》がある。自分の店を開いたら成功する」と乗せられ、その気になってこつこつ金を貯《た》めはじめ、ついに十三年前、京成船橋駅から徒歩十分の路地裏に小さなバーを開店、運良く店は繁盛したものの、女運には恵まれず、四十三歳の今も独り身でいる。

「それも良くなかったんですかね」

と、足下の砂を指でほじりながら、ヨースケはにわかに声を暗くした。

「コロナが広がって、お客さんがパタッと来なくなったとき、私、ひとたまりもなくやられちゃったんです。孤独に」

孤独。およそヨースケの相好《そうごう》には似つかわしくない一語だが、本人は至ってシリアスだった。

「政府の給付金があるから、金の心配はないんです。けど、朝から晩まで一人っていうのがマジしんどくて、客が来ないってわかってても、やっぱり僕、店へ行っちゃうんです。で、やることないから、緊急事態宣言中は毎晩、黙々と店の酒を飲んでました。今回なんか四月のまん防から始まって、ほぼほぼ半年ですよ。ひたすら一人で飲み続けました。コロナ前の店のにぎわいとか、常連さんの顔とか思い出しながら、またあんな日が戻ってくるのかなあとか、戻ってこなかったらどうしようとか、そんなこと考えながら飲んでると、もうほんとに止まらないんですよね。おかげで……」

極限まで眉を垂らしてヨースケは言った。

「やっと十月から緊急事態が終わるみたいなのに、店の酒、もうほとんど残ってないんです。ぜんぶ僕が飲んじゃいました」

砂をほじるヨースケの指が止まった。

「店、もう閉じるしかないのかなって、迷ってるんです」

垂れこめる静寂を浚《さら》うように、磯《いそ》臭い風が強く吹きぬけ、足下の砂を転がした。目のやり場に困った私が海を見やると、雲の薄れた空からの西日で水面は色を深め、波打ち際を散歩する犬の種類も変わっていた。

「ヨースケ」

演説も説教もしない。その宣言どおり、沈黙を破ったトシヤの助言は簡潔だった。

「また酒を仕入れればいい」

たちまち、ヨースケは顔全体に生気をみなぎらせて笑った。

「ですよねー」

この二人のやりとりに説得力がなかったとしたら、それは私がヨースケの話の八割方を端折《はしょ》ったせいにちがいない。

実際のところ、その八割の中で彼はこれでもか、これでもかと飲食業者の苦悩を語りまくったのである。感染者数の増減に一喜一憂する毎日がいかに疲れるか。「給付金で潤ってんじゃないの」と心ない軽口を叩く人間のいかに多いことか。こっそり飲ませてほしいと持ちかけてくる常連客を断るのにどれだけの心労を伴うか。おそらく今日まで「もっと大変な人たちに比べたら、店の酒を飲みつくした自分なんて」と自制して人に言えずにきたことを、ヨースケはたがを外して大いにぶちまけ、一時間強にわたってそれはそれは長々と心の澱《おり》を垂れ流し続けたのだった。

それはすっきりしただろう。

「トシヤさん、ありがとうございます。なんだかむくむく力が湧《わ》いてきました。また酒を仕入れて一から出直します」

吹っ切れた笑顔のヨースケに、

「ヨースケ、君は大丈夫です。最初に顔を見たときから、私は安心していました」

トシヤは微笑み、続けざまに私を振りむいて言った。

「むしろ心配なのはタク、君の方です」

言葉には呪力《じゅりょく》がある。加えて、トシヤの声には妙な支配力がある。

心配なのはタク、君の方です。

そうささやかれた直後、私は素手で魂をなでられたような戦慄《せんりつ》に震え、しばし機能を停止した。端的に言えば、自分のことがものすごく心配になってきた。

「タク、君の迷いを聞かせてくれませんか。ヨースケとの出会いによって、今、君はここにいる。それが必然だとは言いません。単なる偶然です。だからこそ、君はその偶然を最大限に活用するべきです。必然に抗い、偶然に乗ずる。それが生き方の鉄則です」

生き方。ようやくカリスマの口からそのキーワードが放たれた。が、残念ながら私には彼の言う意味が少しもわからず、わからないことを隠すために重い口を開いた。

「アパホテルに泊まろうか迷ってたんです」

いや、違うか、と言ったそばから首を揺らした。

「その前に、海に来ようか迷ってたんです」

「それも違う」

トシヤの落ち窪《くぼ》んだ目が私をにらんだ。

「君の迷いはもっと深いはずです」

もっと深い――その深みをのぞくように視線を落とすと、今では海岸と完璧《かんぺき》に調和していた海パンが風を受けていた。

「海パンを穿いたら、なんだか海に来たくなって、ここに……。でも、それも違うのかもしれない。本当は、ただ逃げたかったのかもしれない。どこかへ……たとえば、過去の中とかへ」

途切れとぎれにつぶやくと、トシヤが瞳を和らげ、そうだとばかりにうなずいた。その目力に励まされて私はしゃべりだした。

「社会人になってから二十五年間、これまではずっと、過去なんか振り返らずにやってきたんです。私、家電メーカーの営業なんですけど、ほんと、こんな仕事をやってると、過去なんか構ってる暇はないんです。うちは中小なもんで、大手さんみたいに新商品を出すだけで売り場に並べてもらえるわけじゃない。足で通って、顔をおぼえてもらって、頭下げて並べてもらうんです。土日もショップの手伝いに駆りだされてあってないようなもんですし、夜は接待三昧《ざんまい》ですしね」

ここで私はヨースケに負けじと中小メーカーの悲哀を微に入り細を穿《うが》ち語りまくったのだが、見苦しいので割愛する。

「そうやって脇目も振らずに働いて、ふと気がついたときには、家の中に自分の居場所がなくなってました。よくある話ですけどね。うちの娘は中学に入ってから私とまったく口をきかなくなって、妻との会話も事務連絡みたいなものばかりになって……面目ない話です。四十すぎて役職を得てからは多少の余裕もできましたけど、だからって、ずっと放っぽらかしてきた家族の心は戻ってきませんでした。都内で暮らしていた娘は知らないうちに結婚してました。私、結婚式場で義理の息子と初対面の挨拶《あいさつ》をしたんです」

我ながら情けなくなるほどに、私の凡庸な人生にさしたるドラマティックな不幸はない。人の涙を誘ったり、義憤を掻《か》きたてるような悲劇もない。それでもじっと耳を傾けてくれる赤の他人がそばにいるというのは、たしかに面はゆくも心地好いものであり、語るほどに私の舌はなめらかになっていく。

「べつに自分を憐《あわ》れんでるんじゃありません。結局のところ、自分で選んだ人生です。

自分で会社を選び、妻を選び、家を選んだ。選んだ家から毎日会社に通った。二十五年間、ニセの山影をながめながら通い続けた。それだけのことです」

「ニセの山影？」

首をかしげるヨースケに、私は低く笑って告げた。

「その名も、プロメテウス火山」

「プロメテウス……火山？」

「浦安にあるディズニーシーの山です。アトラクションの一つですよ」

「あー」

「見えるんですよね、あの山が、私の通勤路にある歩道橋から。新浦安へ越してきてから二十年以上、毎日、その人工の山影をながめながら会社に通いました。で、ある日、面白いことを知ったんです。プロメテウス火山にはモデルの山が実在していると」

「モデル？」

今度はトシヤが首を傾けた。

「南イタリアにあるヴェスヴィオ山です。今は活動期にないけど、正真正銘の火山です。ディズニーシーのプロメテウス火山はその本物を模して造られたそうなんです。それを知ってからというもの、私、その山を一度見てみたいと思うようになりまして。いつか本物を仰いでやるっていうのが、なんていうか、心の張りになってたんですよね。もちろん、うちの営業部は休みなんて長くても三連休がせいぜいですから、南イタリアなんて在職中は夢のまた夢だったんですけど」

ところが、と私が言う前に、ヨースケが「あ」と目を広げた。

「リフレッシュ休暇？」

ご名答。私は力なくうなずいた。

「そうです。二年くらい前かな、倹約家の妻がめずらしいことを言いだしたんです。リフレッシュ休暇はあなたへの褒美なんだから、自由に一人旅でもしてくればいいって。まさか妻がそんな物わかりのいいことを言うとは思わなかったんで驚きましたけど、そうか、その手があったのかって、俄然《がぜん》リフレッシュ休暇が楽しみになりましてね。イタリアの地図をトイレに貼って、ガイドブックもどっさり買って、ほんと、指折り数えてその日を待ってたんです。パンデミックが起こるまでは」

私が口を閉ざすと、ヨースケがこくっと息を呑《の》む気配を最後に、気まずい沈黙が立ちこめた。パンデミック発生から今日に至る世界規模の騒乱は言わずもがなである。

ツイてない。言ってしまえばそれだけのことだ。言葉をなくした二人も内心そう思っているにちがいない。ツイてない人だ、と。

が、しかし、この話はそれで終わらなかった。

逡巡《しゅんじゅん》を振りきり、私は続けた。

「不思議だったのは、私が一人旅を断念せざるを得なくなったとき、私以上に妻がひどく気落ちしていたことです。妻もテレワーク中だったし、十日も家にいられたら邪魔なんだろうと思ってましたけど、それだけじゃないってこの前、知りました。つい七日前のことです。日中、私が家にいることに慣れてなかった妻が、うっかりスケジュール帳を出しっぱなしにしてたんですよね。魔が差してふと開いたら、日付の横にやたらとKって文字がある。Kと渋谷。Kと新宿。Kと横浜。週に一度の出社日は、どうやらKと過ごしていたようです。極めつきは『Kと沖縄』でした。私が当初予定していたリフレッシュ期間中にありました」

薄く垂れこめはじめた闇に私の掠《かす》れ声が溶け入るように消えた。そろって表情を固くした二人に、こんな凡庸の極みというべき恥をさらして申し訳ないと思いながらも、一方で、私の心は不思議と凪《な》いでいた。七日間、自分の深みに封じこめたまま放置してきた混乱を、ようやく掬《すく》いあげて外へ出し、身軽になった思いさえした。

「以上です。ご清聴ありがとうございました」

ぺこりと頭を下げると、「ええっ」とヨースケが目をむいた。

「そこで終わりっすか」

「続きはないんです。スケジュール帳を閉じて、もとへ戻して、そのままです」

「奥さんにはそのことを……？」

「言ってません」

絶句するヨースケの横から、そのとき、トシヤがおもむろに口を開いた。

「いろんな夫婦があります。あっていいと思います。しかし、タク、君はそれでいいんですか」

わかりません、と私はうつろな声を返した。

「もちろん驚いたし、こっぴどく裏切られたって感じてますけど、どっか心の奥の方には落ちついてる自分もいるんです。妻にもそんな娯楽があったんだなって静かに感心してる自分も。むしろそんな自分にあきれてるっていうか……、なんで私には怒り狂って妻を責め立てるだけの熱量がないんでしょうね」

自分不信。この七日間、腑抜《ふぬ》けた顔で毎日をやりすごしてきた私の核にあったのは、意外とそれだったのかもしれない。妻のことがわからない以上に、自分自身がわからない。

「ああ、そうか」

と、私はふっと視線を上向けて言った。

「幻の火山が噴火したみたいな感じなんです。噴火して、初めて偽物だってわかっちゃったみたいな」

宙を舞うまやかしの灰を追うように、夕日に染まりはじめた空を仰ぐ。炎のような、マグマのような紅。その純然たる美に目を射られながら、今、自分が口走った言葉の意味するところを噛《か》みしめる。

「やっぱり、今夜はアパホテルに泊まって、一人で頭を冷やします」

先行きの暗雲は否めないながらも、とりあえず目先の問題には答えが出た。今はそれでよしとしよう。そう心でつぶやいた私に、ヨースケが「賛成」と苦しい笑顔を向けた。

「それがいいよ。そうしなよ。けど、頭を冷やすのは、温泉に浸かってあったまってからにしなね」

いつしかタメ語になっているヨースケの横で、トシヤもこっくりうなずいた。

「答えはおのずと訪れます。今日のところは美味しいものでも食べて、ゆっくり休んでください」

でもその前に、と彼は言った。

「踊りませんか」

「はい?」

「踊りましょう」

言いながらすっくと立ちあがったトシヤは、長身をかがめて流木の陰から何かをつかみあげ、私たち三人の足のあいだに下ろした。昔ながらの黒いカセットデッキだった。

何が始まるのか。ぼうっとデッキを見下ろす私の耳に、トシヤの美しい声がした。

「Life isn't about waiting for the storm to pass, it's about learning how to dance in the rain.」

ネイティブ並みに見事な発音だった。それ故に何も聞きとれなかった。

「なんと……?」

「『人生とは、嵐が通りすぎるのを待つことじゃない。雨の中で踊る。それが人生だ』。ヴィヴィアン・グリーンというシンガー・ソングライターの言葉です」

雨の中で踊る——。

その言葉の余韻が去らないうちに、トシヤの指がカセットデッキの再生ボタンを押した。

鳴り渡ったのは激しいロックンロールだ。絶叫に近いボーカルのがなり声は、おそらくトシヤのものだろう。ギターやドラムのノイズに阻まれて文意はつかめないものの、

「愛」「夢」「星」「翼」「涙」「紙飛行機」などの単語が切れぎれに耳をかすめる。詩的な歌詞のようだ。が、曲調とのアンバランスが不穏な何かを感じさせる。

ハイスピードな曲に乗った叫声に圧倒される私の目の先で、やがて、トシヤが踊りはじめた。ふんふんと鼻でリズムを取りながらステップを踏み、優雅に腰をくねらせ、ときおり腕を振りあげる。長い手足の効果的な見せ方を知っている人間の動きだ。ステージ上でその肢体はさぞ映えたことだろう。首の筋が目立つ今でさえ、周りの人間をのぼせた気分にさせる力が彼にはある。その証拠に、彼の横ではヨースケまでが一緒に踊りはじめている。

トシヤのそれとは正反対に、ヨースケの踊りは自由奔放だった。むやみやたらに跳びはね、拳《こぶし》を突きあげ、頭をぶるぶる振りまわす。所作の一つ一つがまったく連動していないし、曲とも合っていない。しかし、本人は至極楽しそうだ。なにより五体からほとばしるような愛嬌が彼にはある。この男はきっとこの愛嬌だけで今後の人生を生きていけるだろう。

目の前の狂騒から視線を外すと、いつのまにやら波打ち際の影は消え、見渡すかぎり無人の浜が開けていた。まさに我々三人だけの宇宙だ。その三人のうちの二人がカセットデッキから流れるロックンロールに高揚し、熱に浮かされたように踊っている。

私は観念して流木を離れ、見よう見まねでステップを踏んでみた。ここで踊らないのは不自然というものだし、意固地というものだ。これでも若いころは好きなバンドのライブにだって通った。皆が立ちあがれば一緒に立ちあがり、皆が踊れば一緒に踊った。その感覚を呼びさましながら体を揺らしているうちに、徐々に動きが大胆になってきた。どうせトシヤもヨースケも自分の踊りに夢中で人のことなど見ていない。恥ずかしがるほうが恥ずかしい。

私は踊った。無心に踊った。幾度となく砂に足を取られて体勢を崩しながらも、また立て直しては一心不乱に踊り続けた。

トシヤの言葉が頭によみがえってきたのは、海風で冷えていた体がじんわり汗ばんできたころだ。

人生とは、嵐が通りすぎるのを待つことじゃない。雨の中で踊る。それが人生だ――。

たしかにそうかもしれない。荒い息を吐きながら思う。嵐がやむのを待っていたら、何もしないまま人生は終わってしまう。私はこれまで耐えていたようで、ただ待っていただけなのではないのか。上辺だけ繕い合うような妻との関係が改善される日を。あるいは、妻の方からこの関係に見切りをつけてくれる日を。会社人間の父親を拒絶している娘がふたたび自分から心を開いてくれる日を。社員も家電の部品の一つくらいにしか思っていない会社を晴れて引退する日を。ニセの火山を見納める日を。待って、待って、待って、尚も治まることを知らない嵐の中でずぶぬれの背中を丸めている。私はいつから私の人生の傍観者になったのか——。

ダンスタイムは唐突に終わった。はたと我に返ったようにトシヤが動きを止め、音楽を消してつぶやいたのだ。

「ひらめきました」

いったい何がひらめいたのか、トシヤはすぐさまその場で背広の胸ポケットからスマホを取りだし、電話をかけはじめた。どこの誰とも知れない相手に向かってしゃべりだしたのは、日本語でも英語でもない外国の言葉だった。そして、三分ほどの会話ののちに「ダンネバード」と笑顔で通話を終え、まだ踊りの余熱を体に残していた私を振りむいた。

「じつは私、以前、ネパールで暮らしていたことがありまして。現地に知り合いが多いんですけど、その一人……ヒマラヤの山麓《さんろく》でホテルをやっている男が、日本人スタッフを探していたのを思い出したんです」

「はあ」

「今、電話して確認したら、まだ募集中とのことでした。コロナが明けたら日本人登山客も戻ってくるから、すぐにでも来てほしいと」

「はあ」

ぽかんと「はあ」をくりかえす私に、トシヤは「踊りませんか」と同じ唐突さで言った。

「タク、そこで働いてみませんか」

「へ」

「南イタリアのなんとかって山へ行きたかったんでしょう。ヒマラヤは、もっと高いですよ」

「私が……ヒマラヤへ？」

「それぞ真なるリフレッシュです。人生に行きづまったら環境を変える、これが生き方の基本ですよ」

「ちょっと待ってください」

自分のうわずり声に頭の中でもう一つの声が重なる。待っているうちに人生は終わってしまう。

「いや、しかし、いくらなんでも……。ヒマラヤのホテルで働くなんて、私、今の今まで一度も、夢にも思ったことが……」

「大丈夫」

半ばパニック状態の私に、そのとき、顔全体に希望を輝かせたヨースケが言った。

「登山服を着ればいいよ」

「登山服？」

「海パンがタクをここまで運んでくれたんでしょ。きっと、今度は登山服がタクをヒマラヤまで連れてってくれるよ」

私ははたと下半身へ目を落とした。今ではすっかり足に馴染《なじ》んでいる海パン。それを脳内でごわっとした登山用ズボンと置き換えてみる。ついでにそろいのジャケットも羽織り、大きめのリュックを背に乗せる。調子に乗って耳当て付きの登山帽もかぶった。手にはストック。準備万端。どくんと胸が高鳴った。

広い世界へ羽ばたきたかったんじゃないの？

かつてここにいた誰かの声が頭を去来し、私は軽いめまいを覚えながら、未知なる景色と出会いなおすように、赤々と燃えた砂浜を見渡した。

Dahlia

ダリアのおかげで受付はスルーできた。約二ヶ月前から窓口にいる気だるげなブータン人係員も、ようやくこの花を憶《おぼ》えてくれたとみえる。たとえ日本人の平板な顔がどれも同じに映ったとしても、ダリアとバラとチューリップを識別できない民族はいない。とりわけ黄色は目立つのか、廊下を行き交う人々は皆、私がミニチュアの太陽でもさらってきたかのような目をして振りかえる。

「405号室の藤谷《ふじたに》さん、容体は？」

故障癖のあるリフトを避けて階段を上り、顔見知りのエリトリア人看護師を捕まえて尋ねると、例によって彼女は渋い声を返した。

「私、また言います。個人情報、ファミリー以外、ハイリーコンフィデンシャルです」

「依頼主は患者の弟なの。今じゃたった一人の身内よ。道内の施設で、お姉さんと自分と、どっちが先に天涯孤独になるのか心配してる。せめて花でお姉さんを励ましたいと」

毎度の攻防ののち、結局、彼女は折れて「生存率、五年後、四十パーセント」と私の耳元でささやく。今日日においてはどこの病院でも原理原則より折々の付け届けがものを言う。

目当ての女性は六人部屋のドアを開けてすぐ右にあるベッドに伏せっていた。

藤谷藍子《あいこ》。三十七歳。福井県出身。元公務員。十年前の『ATTACK』当日は五十キロ圏内の町役場で勤務中だった。同僚だった夫は四年前に他界。

「弟さんのご依頼でお花を届けに参りました。お加減はいかがですか」

「よければここにいません」

憮然《ぶぜん》と返した藤谷藍子の顔には諦念《ていねん》と焦燥の入り交じった患者特有の歪《ゆが》みがある。この人はまだ生きられる。私はそう直感した。わずかながら焦燥のほうが勝《まさ》っていたからだ。

「このご時世、お花屋さんはいい商売よね。雨後のたけのこばりに増えてるそうじゃない」

私の手にしたダリアを見もせず藍子が言う。

「最近、つくづく思うわ。この世には不幸な人間と、不幸な人間を食いものにする抜け目のない人間の二種類がいるって」

刺《とげ》のある声に私は苦い笑いを返した。

「この国のことをおっしゃっているのなら、本当に抜け目のない人たちは、もうとうに海の向こう側へ拠点を移していますよ」

「この病院の元院長みたいに？」

「あらゆる企業のトップみたいに。国が傾こうと会社が潰れようとお金持ちはいい気なものだけど、下々の人間は何をしたってここで生きていかなきゃいけない」

ベッド脇のサイドテーブルにバスケットの花を置き、ちなみに、と私は言い添えた。

「この世には、生きるのを投げた人間と、投げていない人間の二種類がいると私は思っています。あなたはまだ投げる時期じゃない」

大きなお世話と鼻息で告げ、藍子が花とは逆の方向へ首をねじる。満室の部屋にはどのベッドにも生気のない人の影があり、サイドテーブルには同業者たちの届けた花がある。病んだ身内を見舞いたくても自分自身が病んでいる。時代のニーズが生んだ見舞い産業は今後も手を変え品を変え、さらなる金を生むシステムを構築していくのだろう。

「どうせね、生きたところで、何のあてもないのよ」

藍子の乾いた声がした。

「私、あの日以前は推進派だったの。当時はそれが正しいって信じてた。正義なんて一瞬でひっくり返っちゃうのも知らずにね。公務員としては致命的な前歴でしょう」

「過去なんて封印すればいい」

「あの新政府のもとでどうやって？　組織で活動していた記録もあるし、完全に八方塞《ふさ》がりよ」

それを言うなら日本中が一億総袋小路だ。口に出さずに私はぼやく。でも――。

「でも、きっとどこかに抜け道はある」

「抜け道？」

「たとえば、茨城で花の栽培なんてどう？」

え、と振りむいた藍子とようやく目が合った。

「あっちにうちのダリア畑があるの。どんどん人が倒れていくから万年人手不足だし、日本語が達者ってだけでも大歓迎よ」

ここぞとばかりに勧誘スマイルを作るも、もちろん、すぐに飛びつくほど元気な患者はいない。藍子の瞳にはこれまで誘った多くと同様の当惑と猜疑《さいぎ》の色がある。

「返事はいつでもいいから、ゆっくり考えて。考えながらときどき、見渡すかぎり一面のダリア畑を想像してみてちょうだい。それはそれは信頼に足る美しさよ」

「信頼？」

「正しいことは移り変わるけど、美しいものは変わらない」

その意を問うようにダリアを見つめた藍子の枕元に名刺を残し、私は病室をあとにした。

ここから先は本人次第だ。あの小さな黄色い太陽が彼女の熱源となるように。

心で願いながら外の駐車場に戻り、次なる病院へ急ぐべくライトバンに乗りこんだ刹《せつ》那《な》、フラッシュライトのように鮮やかな痛みが胸の奥にはじけた。瞬時に体が硬直し、乾いた口から声にならない息が洩《も》れる。今日はこれで何度目だろう。痛み止めなしで動き回れるのはあとどれくらいか。すぐそこにある暗色の未来を押しやり、大丈夫、と私はフロントガラスの先を睨《にら》む。抜け道はある。きっと見つけてみせる。奥歯を噛《か》んでアクセルを踏む。エンジンが唸《うな》る。人間の業にまみれた大地を照らす一面のダリア畑を頭に描いて私は車を走らせる。

太陽

すべてのものは失われる。すでに失われたものは失われつづけて、まだ失われていないものはいずれ失われる。なにものも喪失をまぬがれない。自分自身すらも。

だから嘆いちゃいけない。私は自分に言いきかせる。過去に執着しないこと。変化を肯《うべな》うこと。細胞の新陳代謝を阻害しないこと。この不確かな世界と折りあっていくための柔軟性を確保すること。

＊

「予約は必要ありません」

予約をしようと電話した私に、風間《かざま》歯科医院の受付嬢は告げた。

「月水金の診察時間内でしたら、いつでも、お好きなときにいらしてください」

助かった――と安堵《あんど》した直後、その倍の不安が私を襲った。

予約が要らない歯医者。それは、人気がない歯医者と同義なのではないか。そして、人気がない歯医者とは、技術がない歯医者と同義なのではないか。あるいは、気性が荒い歯医者、高圧的な歯医者、心の冷たい歯医者、うっかり者の歯医者、道楽者の二世歯医者、手先の不器用な歯医者、やたらインプラントを勧める歯医者、等々と。

疑心をうずまかせながらも、その午後、私がすごすごとその歯科医院へ出向いたのにはそれなりの事情がある。

奥歯に釘《くぎ》をねじこまれるような痛みに襲われたのは、前日の夜——よりによって日本初の緊急事態宣言が発出されたその日のことだった。ステイホームどころではない激痛に、あわてて近場の歯医者を探すも、ある医院は診療時間を短縮中で三週間先まで予約がうまり、ある医院はスタッフ不足のため新規患者を受けつけておらず、ある医院は五月六日まで休業中、とことごとく空ぶりに終わっていた。

徒歩圏内にある最後の砦《とりで》が風間歯科医院だったのだ。

今どきウェブサイトがなかったり、口コミが一件も見つからなかったりと、予約が要らない以外にも不安要素の多い歯医者ではあった。が、首都の完全封鎖も考えられる未来を思えば、やはり近場にこしたことはない。

とりあえず行くだけ行ってみよう。まずはこの痛みを止めてもらうだけでもいい。大きな期待はせずに家を出た。

謎多きその歯医者は私が住んでいる賃貸マンションから徒歩十五分、大通りの喧騒《けんそう》から外れた住宅街の一角にあった。外観は淡いグレーの鉄筋二階建て。同じ色味で統一された院内の待合室には深い洞窟《どうくつ》を思わせる静けさが立ちこめていた。順番を待っている患者の影はない。壁をにぎやかすポスターもなければ、雑誌を並べた棚もない。カウンター越しに会釈をよこした受付嬢の口を覆う水玉模様のマスクだけが、唯一、その無機質な空間にほのかな艶《つや》を添えていた。

初診の手続きを済ませた私はすぐ診察室へ通された。

「初めまして。院長の風間です」

現れたのは院長にしては若い小柄な先生だった。私と同じ三十代の半ばか、もう少し下か。丸い黒目の柔らかさと、天然パーマのくりくりした頭が、「長」を冠する人間らしからぬ愛嬌《あいきよう》をかもしだしている。

「では、さっそく診せていただきます。マスクを外して口を開けてください」

そう言われ、マスクをしたままでいたことに気がついた。同時に、久しぶりに人前で口元をさらすことに気づき、私は妙な気恥ずかしさをおぼえた。

「あー」

私の奥歯をのぞきこむなり、風間先生は気になる吐息をもらした。

「かわいそうに。これ、虫歯じゃありませんね」

「はい？」

「一応、検査しておきましょうか」

かわいそう？　謎のつぶやきを頭で反芻《はんすう》しながら受けた検査の結果は衝撃的だった。

「加原《かはら》さん、どうか冷静に聞いてください。これは、ときどきあることです。とくに僕のもとへ来られる患者さんにはままあることです。ですから特殊な症例と思わないでほしいのですが、検査の結果、加原さんの奥歯には何の問題も見つかりませんでした。歯茎も至って健康です。物理的には痛む理由がありません」

診療椅子に体を横たえたまま、私は風間先生のつぶらな瞳にまじまじと見入った。

「でも、痛いんです」

「わかります。理由がないと言われても、痛いものは痛い。その痛みに嘘《うそ》はないでしょう。ご本人にとっては切実な実体を伴った痛みであるはずです。僕はそれを、代替ペイン、と呼んでいます」

代替ペイン、と風間先生は新曲のタイトルでも発表するように言った。指ではじく弦楽器のようによく通るその声は、漆喰《しっくい》の壁に反響し、たまゆら宙を浮遊した。

「つまり、こういうことです。加原さんの中で実際に痛んでいるのは、歯ではなくて別の部分です。歯はその身代わりとして痛みを引きうけているにすぎません」

「別の部分？」

「端的に申しあげれば、心です」

間髪《かんはつ》を入れずに風間先生は「わかります」と続けた。

「皆さん、そういう顔をされます。でも、くりかえしますが、これは特殊な症例ではありません。世の中には心因的な胃痛に苦しむ人もいれば、心因的な頭痛に苦しむ人もいる。加原さんの場合は心の痛みが歯に出た。それだけのことです」

心因的な歯痛。それは本当に「それだけのこと」なのだろうか。

頭の混乱が収まらないまま、とりあえず私は聞くべきことを聞いた。

「仮にこれが心因的な痛みだとして、それは、どうすれば治るんですか」

「まずは真なる痛みの正体を見極め、直視することです。何かがあなたの心を痛ませている。あなたはそれに気づいていない。あるいは、気づいていながら目をそむけている。このままではあなたの歯が心に代わって痛みを背負いつづけることになります」

こんなインフォームドコンセントがあるだろうか。

突飛な宣告をいぶかりながらも、私は声を出せずにいた。何の前触れもなく始まった歯痛。適量の倍近く飲んでも効かない市販の鎮痛剤。うっすらとした予感はあった。この痛みはどこか普通ではないと。

「いいですか、加原さん。どうかご自身の心をよく見つめてください。あなたを悲しませているもの、苦しめているもの……目をそらさずに、じっくり探してください。よろしければ僕もお手伝いします。二人三脚でがんばりましょう」

「はい。あ、いえ、でも……」

ただでさえ人間を無力化する診療椅子の上で、どこまでも穏やかな声にぼんやり聞き入っていた私は、最後の最後、ようやくハッと我に返って言った。

「でも、これが心因的な痛みだっていう確証はあるんですか」

精一杯の抵抗。しかし、風間先生は表情を変えずにレントゲン写真を指さした。

「この奥歯には、残念ながら、もう神経がまったく通っていないんです」


そういえば、十年以上前に虫歯をこじらせ、神経を取った歯があった。すっかり忘れていたけれど、どうやら、それが右上のこれだったらしい。ということは、つまり、私は痛覚がない歯の幻の痛みに悶《もだ》えていたことになる。

「お好きなときに服用してください」

頭の整理がつかないまま会計を済ませた私に、受付嬢はなぜだか効かないはずの内服薬を差しだした。

「ほんの気持ちです。風間先生からの」

いたずらっぽい笑みの意味を知ったのは、表へ出てからだ。内服薬の袋をのぞくと、そこには、小さな茶色い四角が三つ。キャラメルだ。一気に緊張がとけて体が弛緩《しかん》した。早速、マスクの下から一粒を差しこむ。昔なつかしい甘味が口いっぱいに広がっていく。

空を仰げば、一面の青がまぶしい快晴の昼さがりだった。往路よりもゆっくりと歩いた通り沿いでは、ハナミズキやアカシア、木蓮《もくれん》などの庭木がふわふわと花を咲かせていた。若い緑が太陽光を濾過《ろか》し、無数の清き光の粒を地に注いでいる。

文句なしの陽気だった。虫も踊りだしそうな春だった。マスクにふさがれた顔半分だけが、しかし、不快に湿っている。

キャラメル三粒を食べつくして帰宅した私は、洗面所で念入りに手を洗いながら、依然熱を持って疼《うず》いている奥歯とようやくまっすぐ向きあった。

さて、この代替ペインとやらをどうしてくれようか。

この数ヶ月間、現実感を失うほどの勢いで悲劇が拡大し、人々の生活にあまたの影響がおよんでいく中で、自分はまだ恵まれているほうだと思っていた。

　某食品製造会社の経理部に雇われて十一年。利益の激減に苦しむ企業が少なくない今も、保存食需要のおかげでうちの会社はむしろ売り上げを伸ばしている。三月末から在宅ワークに入っている私自身の作業効率も上がった。不要不急の雑事を押しつけてくる上司がいないためだ。

　独居＋在宅ワークの完全単身生活にも徐々に慣れてきた。人恋しさはあるけれど、一方で人に煩わされない気楽さもあり、失われた残業代の代わりに自由がある。こうなったからには弾力的に生きていくしかないと居直ってもいた。

　無論、日々の小さなストレスはある。外出の自粛。混雑するスーパー。町から消えたトイレットペーパー。日に日に「休業中」が増えていく飲食店。誰かの咳《せき》に過剰に反応する視線。不安をあおるネット記事。

　でも、それらはいまや全人類共通のストレスだ。自分だけではないと思えば、人間、大方のことには順応していける。

　代替ペインの犯人は、だから、この大禍とは無関係の何かだと私は本能的に感じていた。

　全人類を呑《の》みこむカタストロフィーの圏外にあるもの。もっと個人的な。

思いあたる節はあった。

「私、最近、ある男性と別れたんです」

風間先生に電話でそれを打ちあけたのは、風間歯科医院を訪ねた翌々日だった。「二人三脚でがんばりましょう」の一語に甘えてのことだが、もしも私の思う容疑者が代替ペインの犯人であるならば、一刻も早く退治してしまいたいという焦りもあった。奥歯の痛みは依然耐えがたく、おかゆやスープ以外は口にできないほどで、夜もまともに眠れない。心から生じた痛みがめぐりめぐって尚も精神を消耗させていた。

「すみません。こんなプライベートな話を歯医者さんにするなんて、どうかしてますよね」

「いえいえ、歯にしても心にしても、痛みとは総じてプライベートなものですよ」

風間先生は慣れた様子だった。

「よろしければ聞かせてください。その男性との別れに関して、加原さんの中には消化できていない部分があるのでしょうか」

「消化……できてないですね。あまりに突然でしたし、それに……」

そう、私にとってそれはクラッシュ事故のようなものだった。安全運転を心がけていたつもりが、突如、横から突っこんできた車に当てられ、こっぱみじんにされた。

「その彼とはずっと安定した関係だったんです。友達の紹介で二年前に知りあって、とくに波乱もなく続いてきました。最近は私も将来のことを考えはじめてましたし、外出の自粛が始まったころ、この際だから一緒に暮らすのはどうかって彼に持ちかけてみたんです」

「ああ。そういうカップル、わりといるみたいですね」

「はい、彼にも言われました。みんな同じことを考えるんだな、って。私、彼も同棲《どうせい》を考えていたんだなって、ホッとしたんです。でも、違いました。彼は私と二股をかけていた女性からも同棲を持ちかけられて、その子と暮らすほうを選んだんです」

「え」

一瞬、言葉につまりながらも、風間先生は白衣の人間らしい冷静さを失わなかった。

「それは……大変なときに、大変な目に遭われましたね。消化できなくて当然です。つまり、加原さんの中には悲しみだとか、怒りだとか、さまざまな感情が今も残っているわけですね」

「はい、ひととおり残っています。広く浅く」

「広く浅く？」

「その……じつは、その彼とは本当に落ちついた関係で、淡々と、波乱がない代わりにもりあがりもないっていうか、苦しくないけど楽しくもないっていうか、とにかくずっと安定した低空飛行みたいな関係が続いていたんです。今から思えば、私、その安定感に依存していたのかもしれません。なので、裏切られたのはショックでも、それほど彼自体への未練はないっていうか……」

「なるほど」

「むしろ本性がわかってよかったです。二股をかけたあげくに平気で人を切りすてるような人ですし、あのまま一緒にいたらもっと大事故に至っていた可能性もありますし」

「ええ、ええ、大いにありえますね」

「ですから、もしも代替ペインの犯人が彼だとしたら、正直、なんていうか、ものたりない気がするんです。こんなに痛いのに、その原因があんな男なのかと……」

負け惜しみではなく、それは本心からの言葉だった。失って初めて大事なものに気づく、とよく人は言うけれど、失って初めて気づく大事じゃないものもある。愛情ではなく安定のために自分をごまかしつづけたツケは自分にまわってくる。彼は私にそれを教えてくれた人だ。

が、しかし、もしもこの代替ペインがその「気づき」を根底から覆し、私をさらなる悟りへ導くための試練であるならば——そこまで考えて、私は挫折《ざせつ》した。そんなややこしいことを考えつづけるには歯が痛すぎる。

「おっしゃることはわかります。元彼は犯人に値しない、というわけですね」

短い黙考のあと、風間先生は言った。

「ともあれ、まずは確かめてみましょう。加原さん、今日一日、集中してその彼のことを考えてみてください。怒りでも悲しみでもくやしさでもいい、彼に対するご自身の感情と、とことん対峙《たいじ》してください。もしも犯人が彼であるならば、明日には歯痛が弱まっているはずです」

私はそれを約束して電話を切った。

そして、その日一日、彼との記憶に浸った。もはやさっさと忘れるしかないと思っていた男を脳内ゴミ箱から引っぱりだし、ふつふつとよみがえる感情にしかと耳を傾けた。裏切りによる傷。くじかれたプライド。敗北感。徒労感。よりによってこんな時期に、という若干の逆恨み。消滅したほのぼの系未来像への心残り。ややもすれば一人になった自分の将来に対する漠然とした不安へ流されがちな思考を修正し、むりやり彼のことを考えつづけた。

ほぼ眠れずに迎えた翌朝、寝返りも打てない奥歯の痛みは微塵《みじん》もやわらいでいなかった。

「やっぱり」

彼は犯人の器じゃなかったのだ。よし、と私は小さくこぶしをにぎりしめた。

しかし――では、真犯人は何なのか。


幻の歯痛にとりつかれて一週間、じわじわ減っていた体重がついにマイナス二キロに達した。平時であれば万々歳だが、今、免疫力を落とすのはまずい。

切羽つまった私は躍起《やっき》になって真犯人を探しはじめた。何が私を痛めつけているのか。朝も晩も、自分の心を丹念に触診するように、かたいしこりや生傷を追いつづけた。

時期が時期なだけに、容疑者はつぎつぎ浮上した。

週二で通っていた飲み屋が休業し、店長や常連たちとバカ話ができなくなったこと。

一人飲みが過ぎた夜、四年前に別れた彼につい打ってしまったＬＩＮＥのメッセージを既読スルーされたこと。

このところ三日に一度は「あああああーっ！」と隣人の絶叫が聞こえてくること。

エクセルのできない上司から毎日ＳＯＳの電話がかかってくること。

女友達とのＺｏｏｍ飲み会で上司のグチをこぼしたら、「在宅できるだけマシ！」と激《げっ》昂《こう》され、以降、気まずくなってしまったこと。

盛岡在住の母から「とにがぐ今はそっちでけっぱりなさい」と、帰省牽制《けんせい》の電話がしょっちゅうかかってくること。

老いて病んでいる実家の犬にいつ会えるかわからないこと。

会えないといえば、別の女と暮らしている元彼の飼い猫にももう永遠に会えないこと。

芋づる式にずるずると浮かぶ。

私にかぎらず、この非常事態の渦中にいれば、誰しもそれなりの鬱屈《うっくつ》を抱えているだろう。それらのすべてが積みかさなり、総体として私を追いつめている可能性もある。

「全員が犯人ってことはありませんか」

私は風間先生にふたたび電話をして尋ねた。

「有名なミステリー小説にもありましたよね。登場人物の全員が共犯者なんです」

「確かにそのようなケースもあります」

現実は小説よりも奇なり、を地でいく先生は言った。

「あるんですか」

「ええ、記憶に新しいところですと、二十三人の児童を受けもつ小学校の先生を追いつめていたのは、二十三人全員だった、とか」

「あ……今、一瞬どきっとしちゃいましたけど、じつは普通の話かも」

「はい。誰に対しても平等に心を配る、いい先生だったのです。だからこそ、彼女を日々やきもきさせていた二十三人は、共犯者であるのと同時に、救済者にもなり得ました。皆からの励ましの手紙が何よりの薬だったようです」

「いい話ですね」

「はい。でも、加原さんは違います」

「はい？」

「加原さんのケースは単身犯だと僕は思います」

いつになく確信的な言いきり。私の胸が暴れだす。

「なぜわかるんですか」

「勘です」

「は？」

「ええ、歯です。僕、歯を見ればわかるんです」

ときどき彼の言うことがわからない私に、風間先生は根気強く説いた。

「どうかもう一度、じっくりと考えてみてください。どんな些細《ささい》なことでも結構です。あなたが取るにたらないと思いこもうとしていることが、じつはそうでなかったりする。

それが代替ペインです」

流し台の片隅にチラつく黄色に視線を定めたのは、全員犯人説を否定されたその夜のことだ。

その黄色はもう何日も前からそこにチラついていた。はるか以前からキッチンの構成要素の一部であったかのように、ステンレスの台に溶けこんでいた。日々、幾度となく私の視界に入りこんでいたのを、意識から閉めだして放っていたのだ。

しかし、この日にかぎってその黄色が妙に生々しく感じられ、私はそろりと歩みよった。

真っ二つに割れたかけらを手に取る。

右手と左手に一つずつ。

かすかな、しかし確かな痛みが、瞬間、胸骨の奥を駆けぬけた。

まさか――。

暗がりの中、息を殺して、私はその鋭利なかけらに見入りつづけた。

「まめざら?」

風間歯科医院の患者はこの日も私だけだった。「一応、ポーズだけでも」と通された診察室で、形ばかり椅子に体をあずけた私に、二メートルのソーシャルディスタンスを置いた先から風間先生は困惑のまなざしを向けた。

「それは、豆の一種ですか」

「いいえ、お皿の一種です」

これくらいの、と私は両手の指でタマネギ大の円を象《かたど》った。

「小さなお皿です。お醬油《しょうゆ》入れにしたり、取り皿にしたり、いろいろ使えて便利なんです。場所も取らないし、値段も安いし、なにより見た目がかわいいので、私、集めているんです。食事のたびに豆皿を変えるだけで、なんとなく気分が上がるっていうか」

「なるほど」と、風間先生は表情をゆるめた。「日々の彩りですね」

「はい。上京して一人暮らしを始めた大学時代からこつこつ集めはじめて、今、百枚ちょっとかな。ながめているだけでも気持ちがなごむんです」

陶器、磁器、漆。円形、多角形、扇形。花や野菜、動物の形を模したもの。素材も形もバラエティ豊かで、個々それぞれの味がある。豆皿の世界は奥深い。

診療椅子の上で語ることではないと思いつつ、私は豆皿について熱く語った。

「とりわけ気に入っている何枚かは、すぐ取りだせる食器棚の最前列に重ねています。

センターポジションです」

「お皿にも序列があるわけですね」

「はい。中でも不動のナンバーワンは、黄色い豆皿でした」

私は声を落とした。

「淡い、優しい黄色です。ホットケーキの上でとろけるバターみたいに。形はシンプルな円形ですけど、よく見ると、縁に沿ってぐるりとリーフ模様が彫りこまれているんです」

その豆皿と出会ったのは常滑《とこなめ》の街だった。旅先での常として、新たな豆皿を求めてそぞろ歩いていた私は、北欧風のカラフルな常滑焼きを扱う店の前で足を止めた。その狭い店内を映《は》やす色彩の渦の中、たしかにぴかりと光っていたあの黄色い一枚との出会いは、まごう方なき運命だったと思いたい。

電撃的なひとめぼれ。自分だけの太陽を見つけたようなときめき。手に触れた瞬間、心にぽっと陽《ひ》が差した。

その光はその後も絶えることなく、私の地味な食卓をほがらかに照らしつづけてくれた。全体的に茶色くパッとしない料理も、黄色い豆皿を横に添えれば、一気にぐんと華やいだ。冷めた料理だってふたたび湯気を立てる気がした。

直径十センチの小さな太陽。いつも私を温めてくれた。

だからこそ、私はその豆皿を多用しすぎないようにと自分を律していた。

「黄色い豆皿は本当に、本当に特別だったんです。いやなことがあった日とか、気持ちがふさいでいるときとか、あの明るさを本当に自分が必要としているときだけ使っていいお皿」

ふうっと息をつき、私は言った。

「十年間、大事にしてきたそのお皿を割ってしまいました」

風間先生の凪《な》いだ瞳に変化はなかった。話の展開を読んでいたのかもしれない。

「ぼうっとしていて、お皿を洗っているとき、うっかり割ってしまったんです。ショックで、へたりこんで、しばらく動けませんでした。割れたお皿も捨てられなくて、今も流しに置いたきりです」

でも、と私はマスクの下のくちびるを噛《か》んだ。

「でも、なるべくそれを見ないようにもしていたんです。こんなことを引きずっちゃいけない、落ちこんじゃいけない、って。こんなときに……世界中がとんでもないことになっているときに、豆皿一枚でくよくよしているなんて、なんかおめでたいっていうか、不謹慎？　とにかく、おとなげないじゃないですか。だから、豆皿のことはなるべく考えないようにしていたんですけど……」

尻すぼみに声がとぎれた。続きをなかなか言えずにいると、風間先生が代わって口にしてくれた。

「あなたは豆皿を失った痛みから目をそむけてきた。行き場を失った痛みは代替ペインとなって歯を襲った。そうお考えなのですね」

私は頬《ほお》を熱くした。

「まさかとは思ったんです。だって、豆皿ですよ。物ですよ。でも昨日、夜遅くまで豆皿のことを考えていたら、今朝、心なしか奥歯の痛みがやわらいでいたんです」

風間先生の目が微笑《ほほえ》んだ。

「おめでとうございます。ついに真犯人を突きとめましたね」

私は微笑みかえせなかった。

「でも、こんなことってあるんでしょうか。交際相手を失うより、豆皿を失うほうがダメージが大きいなんて」

「僕も加原さんのお話を聞いて、元彼よりも、割れた豆皿を惜しく思いましたよ」

「でも……でも、しょせん豆皿は豆皿ですよ。しつこいようですけど、世界は今ひどい状況で、前代未聞の危機に瀕《ひん》していて……」

目を閉じ、私は思い起こす。日増しにふくれあがっていく各国の死者数。医療現場の逼迫《ひっぱく》。観光業や外食産業の悲鳴。「マスクない」の大合唱。

「こんなときに、豆皿一枚で、私は……」

「こんなときだからこそ、その豆皿一枚があなたには必要だったんじゃないですか」

この数日間、私がマスクを隔てず会話をした唯一の人である先生の言葉に、はたと目を開いた。

無影灯の下には万物の陰を吸いこむような笑顔があった。

「いつ終わるとも知れない緊張の連続の中で、あなたはいつも以上に毎日のぬくもりを求めていたはずです。そんなときに太陽を失った。それは宇宙規模の喪失です。それだけあなたがそのお皿を大切にしていたってことです。僕は素敵だと思います。素敵な犯人です」

素敵な犯人。すべてを肯定してくれるその一語に、肩からふっと力が抜けた。私を縛っていた何かがほつれる。滞っていた感情が流れだす。

「風間先生。私、豆皿のことで悲しんでもいいんですか」

「もちろんです。悲しんでください。思う存分、どっぷりと。その代替ペインが消えるまで、心の痛みを痛みつくしてください」

「十分に悲しめば、痛みは消えますか」

「消えます。もうすでに消えはじめているはずです」

「あ……」

言われてみれば、今朝よりもさらに痛みが薄らいでいる気がする。今晩はまともにものが食べられるかもしれない。早くも食欲さえ兆《きざ》しはじめている自分の現金さに驚く。

「わかりました。やってみます。見苦しい未練のかぎりを尽くして、ジタバタ悲しみぬきます」

私は風間先生に約束した。

「痛みが完全に消えたら、またご報告に来ます」

「ええ、待っています」

まさに二人三脚だったなと、胸中、私はしみじみとした感慨に駆られていた。ちょっと普通じゃない風間先生がいればこそ、ちょっと普通じゃない歯痛と私は対決することができた。もしもまともな歯科医にかかっていたらどうなっていたことか。

運命の妙に思いを馳《は》せながら診療椅子を降り、待合室へ足を進めたところで、「あ、加原さん」と風間先生が追ってきた。

「今日は、お代は結構です」

「そうはいきません」

私はあわてて言い返した。

「ちゃんと払わせてください」

「でも僕、とくに何もしてませんし」

「話を聞いていただいて、おかげで痛みがやわらぎました。立派な治療です。それに、こんなことタダでしていたら、先生だって経営が……」

風間歯科医院の懐具合を危ぶむ思いが声に滲《にじ》んだのか、風間先生は丸い目を垂らして頭を掻《か》いた。

「いや、その点は大丈夫です。じつは僕、ここを開いている日以外は、大学病院の歯科を手伝ってるんです」

「え。そうなんですか」

「はい。そっちでも大した治療はしてませんけど、勘がいいってだけで、なんとなく重用してもらって」

「勘」

「前にも言いましたけど、僕、歯を見るとわかるんです。っていうか、読めるんです。その歯の求めていることが」

「歯の求めていること？」

「変な歯医者ですよね。先輩たちからも、君は歯医者ってよりは歯読《はよみ》だ、なんて言われちゃって、ハハ」

掻きすぎてますますくりくりになった頭が反りかえった直後、背後からカランと音がした。

「ごめんください」

ふりむくと、玄関のガラス戸から四十くらいの男性がきょとんと顔をのぞかせている。誰だろう。五秒くらい考えて、あ、患者か、と思った。その患者も自分以外の患者と遭遇した驚きを隠せず、しばし玄関に立ちつくしていた。

沈黙を破ったのは風間先生だ。

「しばらくですね、新井さん」

その一声を皮切りに、ふたたび時間が流れだす。

「ごぶさたです、先生。今ってお時間、大丈夫ですか」

「ええ、大丈夫ですよ。診察ですか、雑談ですか」

「雑談です。あ、でも、せっかくだから歯石も取ってもらっちゃおうかな」

ゆるいやりとりに笑いをこらえつつ、私は新井さんと入れちがいに風間歯科医院を後にした。

結局、お代は受けとってもらえなかった。

「こちらは先生の気持ちです」

受付嬢からもらった内服薬の袋にはクッピーラムネが入っていた。

獣の夜

今日という一日が俄然《がぜん》ややこしくなったのは、夜の約束に備えて午後の仕事をさくさくと片付けていた最中、ふいに泰介《たいすけ》から電話がかかってきたときだった。

スマホが今もその名を表示するのが奇怪に思えるほどに、泰介からの連絡など久しぶりだった。十回近いコールのあとでようやく電話に出ると、聞こえてきたのはオレオレ詐欺ばりの焦り声だった。

「もしもし紗弓《さゆみ》、頼む、頼むから頼まれてくれ、予定が狂った」

この時点で早くも波乱が兆していた。

「なに。どうしたの」

「部下がしくじった。クライアントのお偉いさんが激怒してて、俺もこれから一緒に頭を下げに行かなきゃなんない。事と次第によっては時間がかかる。ってか、どんだけ謝罪テクを駆使しても、六時半に美也《みや》を迎えにいくのは無理だ」

「え。じゃあ、どうするの。今夜のサプライズ……」

「パーティー会場には、だから、紗弓が同伴してくれ。頼む」

一瞬その意味が呑《の》みこめず、数秒かけて咀嚼《そしゃく》した。

「私が美也を連れてくってこと？」

「そ。この土壇場で俺の代役ができるやつ、ほかにいないじゃん」

「そんなあ。カトマリに言えばいいのに」

「カトマリは幹事だろ。店で待機しててもらわないと」

「無理だよ、私。そういうの苦手だし、顔に出ちゃうし、きっとすぐバレる」

「けど、紗弓くらいだろ、あのメンツのなかで美也と今でも交流あんの。しょうがないじゃん、俺は何時になるかわかんねんだし、代わりに誰かが美也を店まで連れてかないことにはサプライズ・パーティーは成立しねんだし」

逆ギレ気味ながらも泰介の言いぶんに一理あるのは否めない。

今日で三十五歳になる美也のサプライズ誕生会。カトマリが発案し、美也に極秘で進めてきたこの計画のために、今夜は大学時代のサークル仲間たちがレストランに集うことになっている。誰かが美也をそこまで連れていかないことには確かに何もはじまらない。

「泰介、六時半に美也と待ち合わせてるんだっけ」

「ああ、駅前のスタバでな。それから美也をとっておきのレストランへ案内するふりして、みんなのいる店へ連れてくって寸法」

つまり、何も知らない美也は、今夜、泰介と夫婦二人きりのディナーを楽しむつもりでいるわけだ。

「そこに私がのこのこ行って、泰介の代わりにごはん食べに来たって言うの？　どう考えたって無理でしょ、それ」

「大丈夫、俺から紗弓に頼みこんだって、美也にはうまいこと言っとくから」

「頼まれたって普通は行かないよね、夫婦水いらずのはずだったディナーに」

「八年目の夫婦に水いらずもあるもんか」

私の懸念を泰介は軽く笑いとばした。

「大丈夫だよ。美也は、相手が俺とかそういうことより、親に子ども預けて外メシすんのを楽しみにしてるんだから。たまには友達と飲みたいって、いつもぼやいてるし」

「今夜は話が別でしょ。誕生日だよ」

「三十五になる大人に誕生日もあるもんか」

私が何を言っても泰介は不動の「大丈夫」を崩さない。

「いいか、美也が何より恐れてるのは、今夜のディナーが流れることだ。もう着ていく服とかで悩んでるころだろうし、俺が仕事で行けなくなったって言ったら、絶対にあいつ、ショックでフリーズするぜ。そこで、俺がこう言う。せっかく店も予約してることだし、俺が金出すから紗弓とでも一緒にメシ食ったらどうだ、って。人生かけてもいいけど、あいつ、尻尾《しっぽ》ふって飛びつくぜ」

なんとも軽く人生をかけてみせた泰介は、なかなかうんと言わない私に焦《じ》れたのか、今から美也に電話を入れると言いだした。

「美也がＯＫしたら頼むぞ、紗弓。六時半にスタバで美也と落ち合って、五十五分には例の店へ移動だ。なるべく自然に、怪しまれずにサプライズまで持ちこんでくれよ」

よろしく、の一語を最後にスマホの画面から石橋《いしばし》泰介の名前が消えた。

今も昔も泰介は軽い。今夜のディナーにしたって、もしかしたら泰介が勝手に軽く考えているだけで、美也は子どものいない夫婦二人きりの時間を心待ちにしていたかもしれないのに。そこに私がしゃしゃり出ることで美也がへそを曲げれば、その後の展開にも響いてくる。機嫌の悪い人間相手のサプライズはけっこうな賭《か》けだ。

考えるほどに不安が高じ、じっとしていられない。どうしよう。カトマリに相談してみようかと机上のスマホへ手をのばしかけた矢先、タイミングよくそれがメールの着信音を奏でた。

泰介？　急ぎ画面を確認すると、石橋は石橋でも、下の名前は美也だった。

〈紗弓、泰介の代わりにつきあってくれるの？
やった！　急な話なのにありがとね。
今夜は飲むぞ！（泰介のお金で！）〉
かくんと首をかしげてから、私は探る思いで返事を送った。
〈私でいいの？
せっかくの記念日に、なんか悪いような（´ェ`;）〉
数十秒後にまた着信。
〈逆に嬉しい。紗弓とサシで飲むの久しぶりだね。
娘たちは実家だし、今夜はがっつり飲もう！〉
〈お手柔らかに（´∀`*）
じゃ、六時半にスタバね〉
〈OK牧場〉
いまひとつ美也のテンションがつかめないものの、夫にドタキャンされた悲愴《ひそう》感は伝わってこない。機嫌も悪くなさそうだ。ほっと胸をなでおろしつつ、私はあとから恨まれないためのケアも怠らなかった。
〈女同士だからってメイクの手を抜かないこと。

せっかくの誕生日ディナーだから、ばっちりおしゃれしておいでやす（´∀｀）∈〈

異性のいる会といない会とでは、見栄えに費やす労力に歴然と差をつける。大学の文学部に通っていたころから、美也にはそんな露骨なところがあった。女同士で会うのになぜ化粧しなくちゃならないのか。しゃれこんでなんの得があるのか。身も蓋《ふた》もない本音を隠さない彼女に、「男好き」だの「あざとい」だのと白い目を向ける女子たちもいたけれど、私はただの正直でずぼらな人だと思っていた。

本質的には今も変わらないそのずぼらさが招きかねない悲劇（しゃれっけゼロの美也がすっぴんでスタバに現れる→皆のもとへ連れていく→サプライズ！→驚いたり喜んだりする以前に、自分の顔や髪や服が気になって挙動不審の美也→引く一同）を恐れていた私は、その日の六時二十五分、スタバのカウンター席にいる美也をひと目見るなり安堵《あんど》の息を吐きだした。

私と会うために装ったにしてはまずまずの出来だった。光沢のあるネイビーのブラウスに、羽織りの白いストール。ベージュの短いスカートからは自慢の長い足をのぞかせ、久々にヒールの高いパンプスをはいている。化粧にも手抜きは見られず、眉《まゆ》もきれいに整えている。

アイスコーヒーを片手に歩みより、「合格」と肩ごしに声をかけると、ふりむいた美也の胸元でダイヤのクロスが光った。

「え、なにが」

「三十五歳で二人の子持ちには見えないってこと」

美也は「ありがと」と赤い唇を笑ませ、となりの椅子に置いていたバッグをひざの上へ移した。

「でも、まだ三十四だよ。十時半までは」

「そっか。泰介、それまでに合流できるといいね」

椅子にかけながら美也の表情をうかがう。想像以上にけろりとした顔だ。

「それはべつにどっちでもいいよ。泰介のドタキャンはいつものことだし、もともとそんなに期待してなかったし」

「いつもなの？」

「そ。大抵は仕事のトラブルってやつ」

小鼻にしわを寄せ、美也がカップのソイラテを口に含む。

「怪しいのがさ、決まっていつも部下のせいなんだよね。部下の失敗の尻《しり》ぬぐい」

「部下かあ。泰介もそういう年なんだ」

「最近、グチっぽくなったよ。近ごろの若いのは背中見せるだけじゃ育たないとか、いちいちフォローが必要とか。でもね、言いながら、ちょっと鼻の穴がふくらんでるの」

「部下に手を焼いてる自分が嫌いじゃないんだ」

「嫌いじゃない、嫌いじゃない」

「昔からアニキ肌っぽいとこあったもんね、中途半端に」

「そうそう、中途半端に。頼られるのはいやだけど、自分からアニキぶるのはやぶさかじゃないってやつ」

こうして美也と泰介をネタにして笑っていると、今でも時おりふっと、もう一人の自分が窓ガラスの向こうからこの光景を怪訝《けげん》そうにながめているような、なんとも不思議な感覚に襲われる。サークルで知り合った泰介と私がつきあいだしたのは大学一年生の夏で、やはり同じサークルだった美也と泰介がつきあいだしたのは大学三年生の秋。泰介と私はうまくいっておらず、ほとんど終わりかけていたとはいえ、完全に終わっていたわけではなかった。

「で、紗弓の彼はどうなの」

ふと黙りこんだ私に美也が言った。泰介の話題のあとには決まって私の恋愛話になる。

「順調？　その後の進展は？」

なし、と私は即答した。

「あいかわらずだよ。お互いどこまで本気かよくわかんないまま、ずるずると」

「もう二年だっけ。一緒になる気はないの」

「うーん。なんか自信なくてね。向こうも全然その気なさそうだし、ここんところ古地図に夢中だし」

「こちず？」

「古い地図を見ながら街をめぐるのが至福の時間なんだって」

「結婚、なさそうだね」

「でしょ。四十過ぎるとてきめんに浮いた話がなくなるって言うし、けっこう私、焦ってきたかも、最近。三十代のうちにもっと手堅い相手を確保しといたほうがいいのかなとか、あと五年で何ができるんだろうとか」

「そういう年齢なのかな。私も最近、このままずっと家にこもっててていいのかなとかよく考える。社会復帰するなら三十代のうちかなとか、なんか資格取っておけばよかったとか」

そんなことをぐだぐだと言い合っているだけで、時間などは矢のごとく流れていく。この様子だと美也はサプライズ・パーティーに勘づいていないし、私のことも怪しんでいない。内心ほっとしながら話を引っぱり、ちらちらと気にしていた腕時計の針が六時五十五分を指すのを待って、私はおもむろに腰を浮かした。

「じゃ、そろそろ行く？　お店、泰介が七時に予約してるみたいだから」

美也はソイラテのカップをきゅっと握りなおした。

「ね。そのお店って、何系？」

「え」

「何料理のお店か、紗弓、聞いてる？」

「えっと、まあ、その……」

予期せぬ追及に口もとが引きつった。

「泰介のとっておきのお店でしょ。行ってみてのお楽しみにしようよ」

「きっとヘルシー系だよね。泰介、最近、お腹のたるみをやたら気にしてて、肉を食べようとしないから。たぶんまた野菜が美味しいイタリアンなんだろうな」

ずばり言われて、どきっとした。たしかに、元サークル仲間たちが目下スタンバっているのは新鮮な鎌倉野菜が売りのイタリアンレストランと聞いている。看板メニューは色とりどりの野菜十二種類のバーニャカウダ。

そんな内心が顔に出たのか、美也は「やっぱり」とブルー系のシャドーで彩った目を細めた。

「ね、紗弓。一つ提案があるんだけど」

「なに」

「野菜よりも焼肉、食べに行かない？」

「は？」

「だって、女二人で野菜食べたってしょうがないじゃない。ここにいない泰介のダイエットにつきあうこともないし」

「ちょっと待って……」

いよいよもって事態は深刻にややこしい。あまりの深刻さに凝固する私に、美也はここぞとばかりに迫ってきた。

「あのね、うちのわりと近くに、知る人ぞ知る焼肉屋が新店舗を出したの。オープン当初は毎日長蛇の列だったけど、ここんところやっと予約なしでも入れるようになってきたみたいで、幼稚園のママたち……先生たちも、みんな美味しかった、美味しかったって言うんだよ。とくに幻の石垣牛が絶品なんだって。私ずっと行きたくて、でも下の子はまだ焼肉屋なんて連れてけないし、泰介もつきあってくれないし、今日が絶好のチャンスなんだよ。紗弓が来てくれるって聞いたときから、もう私、ずっと頭のなかが肉一色だったの。牛タン、カルビ、ハラミ……」

「だから、待って」

前のめりにまくしたてる美也を、私は掠《かす》れ声で制した。大きく息を吸って吐く。胸の動悸《どうき》が収まらない。

「今夜のお店はもう決まってるんだよ。泰介が美也のために予約したんでしょ」

「でも、その泰介はいないし、お店のほうはキャンセルすれば……」

「キャンセルなんてダメだよ。こんな直前で、お店に悪いじゃない」

焦りが高じて語気が強まる。

「それに、もし泰介がそのお店の常連だったら、あとで気まずい思いをさせちゃうよ。せっかく奥さんのために誕生日ディナーを予約してたのに。そうだ、もしかしたらバースデーケーキだって用意してくれてるかもしれないし」

何がなんでも美也を鎌倉野菜の店へ連れていかなきゃならない。元サークル仲間たちが今か今かと今宵《こよい》の主役を待っている。その一心で正論をふりかざす私に、美也は仔牛《こうし》のように物悲しいまなざしを向けた。

「紗弓は、お店のこととか、泰介のメンツとかを先に考えるんだね。今日は私の誕生日なのに」

多少芝居がかってはいるものの、痛いところを突いている。心なしか涙目の美也を私は正視できなかった。

と、こちらの動揺を見抜いたように、さらなる一手が飛んできた。

「言っとくけど、泰介のドタキャン、ほんとに部下のせいなのか怪しいもんだよ」

「え。なんで」

「トラブルはトラブルでも、女絡みかもしれないし」

「なにあいつ、まだそんなことやってんの」

「男の下半身に成長なし」

「はあ」

「多少太ったけど顔はまだいい方だから、それだけでバカな女は引っかかっちゃうんだろうな。ま、私も人のこと言えないけど」

「私も……」

「ああ、焼肉食べたいっ」

万感のこもった雄叫《おたけ》びに、私はますますその顔をまともに見られなくなり、行き場をなくした視線を泳がせた。

午後七時すぎ。お茶の時間はとうに去っているのに、店内にはまだ大勢の客がいる。

語らうカップル。スマホをいじる若者。読書をする女性。書類に目を通す会社員。斜め後ろのテーブル席には英語の問題集に没頭している女学生もいて、そのひたむきな様子をながめているうちに、今、目の前にいる美也の在りし日の影が重なった。

外資系の企業に勤めてバリバリ働きたい。海外赴任もしたい。国際結婚もやぶさかでない。そんな抱負を嬉々として語っていた美也は、大学時代を通じて英語には惜しみなく時間とお金を注いでいた。一応はTOEIC研究会の看板を掲げていた私たちのサークルが早々にただの酒飲みの会と化しても、美也だけはこまめに試験会場へ足を運んでは、スコアの上下に一喜一憂しつづけていた。それでも外資系の採用はもらえず、そこそこの日本企業に就職して、わりとすぐに泰介と結婚。そして、妊娠。一度は職場に戻ったものの、二人目が生まれると保育園問題で難渋《なんじゅう》し、退職。

いまだ独身者も多い元サークル仲間のなかで、ややもすれば「順調に幸せ」と決めつけられがちな美也の人生の、彼女自身の評価は果たしていかばかりなのか。泰介との人生に満たされているのか。考えてもわかるわけのないことを私は詮《せん》なく考える。一つたしかなのは、今夜の彼女を満たすことができるのは石垣牛であることだ。

と、重々承知の上で、それでも課せられた任務をかなぐりすてることができない自分の大人の分別を呪《のろ》いながら、私は大きく息を吸って吐き、「お願い」と深々頭を下げた。

「美也の気持ちはわかるけど、今日だけはお願い、私と一緒に鎌倉野菜を食べて。石垣牛はまた今度、近いうちに絶対つきあうから。今日はお願い。このとおりです」

理屈抜きで拝みたおすという最終手段は、しかし、たちまち裏目に出た。

「あー、今、野菜って言った。やっぱり野菜の店なんだ」

「あ」

「しかも鎌倉野菜と来たか。有機だね」

「あわわ。いや、でも、きっと野菜以外のものもあるよ。魚介とか、パスタとか、卵料理とか……」

「わかった。じゃ、あいだを取って、こうしない?」

私の狼狽《ろうばい》ぶりを哀れんだのか、美也はおもむろに折衷案を差しだした。

「泰介が予約したお店をキャンセルするんじゃなくて、時間をずらすの。で、ささっと焼肉屋へ行って、幻の石垣牛だけ食べて、それから泰介の店に行くっていうのはどうよ、つけあわせの鎌倉野菜を食べに」

鎌倉野菜をバカにした話ながらも、美也にしてみればこれがぎりぎりの妥協ラインという感じもする。美也の上機嫌を維持するためには、皆に少しばかり待ってもらうことになっても、このへんで手を打つのもアリかもしれない。

迷える私が答えを出すよりも早く、しかし、バッグのなかでメールの着信音が鳴った。

スマホを取りだして見ると、差しだし人はカトマリだ。

〈紗弓、大丈夫？　まさか美也に勘づかれた？〉

約束の七時を十分も過ぎているので心配しているのだろう。

私は美也に「ごめん、ちょっと仕事の連絡していい？」と断りを入れてから返信した。

〈遅くなってごめんm(;△;)m
勘づかれてはいないから大丈夫。

ただし、べつの緊急事態が発生（°ω°）!!

もうちょい時間かかりそうだけど、そっちはどんな具合？〉

その一分後に届いたカトマリからの二通目がこの夜の行方を決めた。

〈遅くなってくれてOK。むしろ良かった。

実は、小坂《こさか》とクンちゃんが遅れていて、まだ到着していません。

泰介も八時半までには来られそうだから、もし可能なら紗弓には美也を八時半以降に連れてきてもらって、やっぱり泰介も一緒にサプライズしたほうがいいんじゃないかって話になったんだけど、どう？

美也に怪しまれずに八時半まで引っ張れそう？〉

私はほうっと息をつき、〈任せて（・∀・）/〉と短く返信してから、晴れ晴れとした笑顔を美也へ向けた。今すぐ石垣牛を食べに行こう、と。

美也の住む町までは私鉄電車で二駅。時間にすると約五分。帰宅ラッシュは一段落していたものの、車内にはまだ混雑時のむんとした人いきれが残っていた。つり革の争奪戦に敗れた美也はハイヒールの足をぐらつかせ、停車のたびに私の腕にしがみつきながらも、その顔から浮かれた笑みを絶やすことはなかった。

「お肉、楽しみだね」

「お店で焼いて食べるの、いつ以来だろう」

「まずはカルビ二、ハラミ一、タン塩一かな。キムチとユッケジャンスープもマストだよね」

全身から高揚が伝わってくる。

「石垣牛だけ食べて帰るんじゃなかった？」

私が突っこむと、ぷうっと頰《ほお》をふくらませ、「紗弓ってば、いけずぅ」と、くねくね肩をすりつけてくる。

「物事にはバランスってものがあるでしょう。それに、石垣牛だけ食べたら石垣牛のありがたみがわからないじゃない。ふふ。ふふふふふ」

不気味な笑いが止まらない。

ご機嫌と不機嫌がはっきりしていて、曖昧《あいまい》な境界が存在しない。美也のこの特徴は大学時代からすでに色濃く、これまた一部の女子からは「気まぐれ」「わがまま」と不興を買っていたけれど、私は単純にわかりやすくて面白い人だと思っていた。へんな駆けひきや裏の読み合いをしなくてすむぶん、一緒にいて楽な相手でもあった。顔もかわいいし、エッチな雰囲気もあるし、私が男だったらきっとこんな子に惚《ほ》れるなあ、とのんきな妄想にふけったこともある。

泰介の二股を知ったとき、だから、直感的に彼は私よりも美也を選ぶと思った。顔の造形。スタイル。女子力。エロス。何ひとつ私には勝ち目がなかった。泰介を失ったことよりも、もしかしたらその惨敗自体に私は心をくじかれてしまったのかもしれないと今となっては思う。

当時はそこそこに荒れた。泰介を罵《のの》った。美也とも長いこと口をきかなかった。なのに、さらなる長い時間をくぐりぬけたころには、なんとなく元へ戻っていた。

私は美也へのわだかまりを克服できたのだろうか。

車窓ごしに薄暗い空を仰ぎつつ、もう何十回目かわからない問いを自分へ投げかける。

わからない。これまで一度もわかったためしはない。その時点でつきあっている彼とうまくいっているときには克服した気になれるし、併せて仕事もうまくいっているときには過去ごと忘れた気にさえなれることもある。けれど、ひとたび何かが狂いだすなり、仮歯《かりば》のような寛容は脆《もろ》くもくずれて、暗い空洞が露《あら》わになってしまう。結局のところ、起こってしまった過去は不動なわけだから、問われているのは今このときの私自身の心模様なのだ。

彼氏の有無および親密性。職場での人間関係。体調。天候。懐具合。万事良好で余裕があるときには、妙に殊勝な心持ちになって、「そもそも、私に美也をとやかく言う資格があるのか」と考えたりもする。不貞という点では泰介に引けをとらない私に、彼や彼女を責められるのか。

やはり答えの出ない問いに音を上げるように、お腹がぎゅうと大きく鳴った。

「やっだあ。紗弓のほうがお腹空いてるじゃん」

美也が体をよじって笑い、その胸の谷間に周囲の目が集まる。

「やっぱカルビ三、ハラミ二、タン塩一でいっちゃう?」

かくして肉へ引きもどされた私が自分の計算ミスに気づいたのは、美也の住む町で電車を降りてからだった。幻の石垣牛を供する焼肉屋は、てっきり駅前のアーケード街にあるものと思いこんでいたら、そこそこ離れた場所にあるらしい。

「そこそこって、どのくらい？」

「十分ちょっとかな」

見渡せども、人気《ひとけ》の少ない駅前のロータリーにタクシーの影はない。腕時計を見ると、七時二十分。焼肉屋までの往復（二十分強）に帰りの電車（五分）と駅から鎌倉野菜の店までの距離（五分）を合計すると、かなりいい時間になってくる。はたして八時半に間に合うのか。

急ぎ足でアーケード街を抜け、右に折れて国道沿いの大通りへ出た。美也と泰介が三十五年ローンで買ったマンションを右手にかすめ、遠く見える橋をめざして進んでいく。古い家屋と新築マンションが混在する街の風景は、三年前、第二子の出産祝いに美也を訪ねたときとさほど変わっていない。

もしも泰介と別れなければ、私もこの街に住んでいたのか――淡い藍色《あいいろ》の空を仰ぎながら三年前と同じことを考えていると、無言でアスファルトをかつかつ鳴らしていた美也の足がふいに止まったので、どきっとした。

「そういえば紗弓、最近、カトマリと連絡取りあってる？」

肩越しに聞かれ、ますます心臓が騒ぎだす。

「え。か……あ……カトマリ？」

動揺がそのまま声に出た。連絡を取りあっているも何も、カトマリこそが今夜のサプライズ計画を皆に提案した仕掛け人であり、さっきもメールを交わしたばかりだ。

「私は……とくに、個人的に会ったりはしてないけど。なんで？」

もしかして、バレた？　こわごわとうかがうも、美也の表情は変わらない。

「ううん、べつに。最近、あんまり話を聞かないから。調子はどうなのかなって」

「あ……調子ね。どうだろうね。去年の忘年会は元気そうだったけど」

そして今日も張りきって幹事をしているくらいだから、実際、元気なのだろう。口に出せずに私は思う。

「会社移って半年だっけ。うまくやってるのかな」

「カトマリのことだから大丈夫でしょ。仕事のほうは」

「仕事のほうはね」

「変わらないよね、カトマリも」

美也のつぶやきを最後に私たちは沈黙した。

十年以上勤めた商社をカトマリが辞めたのは、約二年前のこと。直属の上司から執拗《しつよう》にいびられ、いるにいられなくなって逃げだした。あげく、退社後も心療内科へ通うはめになった。そんな話が洩《も》れ伝わってきたときには同情もしたし、泣き寝入りなんてカトマリらしくないと当惑もしたけれど、サークル一の事情通であるクンちゃんが明かした事の真相は一八〇度違うものだった。

「どうもね、得意先の男とうっかり寝ちゃって、なんでだかその噂が広まって、それが上司の逆鱗《げきりん》に触れたみたい。っていうのも、カトマリ、前にその上司ともうっかり寝ちゃってたんだって」

そんな話を私が苦もなく受けいれたのは、大学時代のカトマリを知っているからだろう。

元TOEIC研究会のリーダーだったカトマリは、さほど勉強している風でもないのにTOEICのスコアが常に九〇〇超えのトップで、酒宴における割り勘の計算も迅速且《か》つ正確、いつなんどきも冷静で感情に流されることのない所謂《いわゆる》「出来る人」だった。反面、女としてはとんだポンコツだった。お酒が入ると性的にどこまでもだらしなくなる。とりわけ冴《さ》えない訳ありの中年男に弱く、たとえ相手が初対面でも、気に入るとほいほいホテルへついていってしまう。曰《いわ》く、ある種の男たちが放つ「枯れ葉の匂い」に抗《あらが》えないのだという。

「比喩じゃなくて、本物の枯れ葉の匂い。朽ちていく植物って、なんか儚《はかな》いような、いやらしいような、独特な匂いがするじゃない。人間の男にもそういう匂いの人がいて、それを嗅ぎつけちゃうと、もう私、抵抗できないんだよね」

枯れ葉臭。はたしてどんな匂いか私には予想だにつかないそれを、カトマリの鼻はきっと今でも探知せずにはいられないのだろう。元職場の上司や得意先の男にもそのセンサーが働いたのは想像に難くない。結果、枯れ葉の匂いと引き替えにカトマリは職を失った。いつかこんなことにならなきゃいいけど、と誰もが危ぶんでいたとおりに。

「心療内科で、カトマリ、枯れ葉臭フェチを克服しようとしたのかな。そういう性癖みたいなものって、カウンセリングや薬で治せるもの？」

長く胸にあった疑問を私が口にすると、美也はいつになく真面目に受け答えた。

「性癖を治すってよりは、意志の力を鍛えて、衝動や欲求を抑えられるようにする方向じゃないの」

「意志の力で枯れ葉臭を克服？　カレー好きがカレー断ちするみたいな？　そんなことできたのかな、カトマリ」

「できっこないでしょ」

やけにきっぱりと美也が言って、うつむけていた顔をもちあげた。足下の暗がりを吸いあげたような声の低さにあれっと私が目をやると、美也もまたあれっという顔をして、つんと尖った鼻をひくひくさせはじめた。

「なに、この匂い」

「え」

「匂うよね」

「そう？」

左右へ鼻をふる美也に釣られて私も鼻孔《びこう》を広げる。言われてみれば香ばしい匂いが漂っている気もする。もちろん枯れ葉の匂いではなく、あきらかにこれは動物系の……。

あ、と私はすぐシンプルな答えに行きついた。

「焼肉だ」

「それはそうなんだけど……」

その程度は百も承知とばかりに、美也は怪訝顔でくんくんやりつづける。

「なんの肉だろ」

「なにって……牛？　豚？」

「違う。そんな普通のじゃなくて、もっと……」

「もっと？」

「ワイルド」

私たちはようやく橋のたもとへ差しかかったところだった。焼肉屋は川を越えて二百メートルほど先にあるという。が、美也は正体不明の匂いに手繰《たぐ》られるように、川の手前で右へと折れていく。

「美也？」

やむなく私も後を追う。古い民家が寄り集まっている静かな通りを進むにつれて、ワイルドな焼肉臭はより濃厚になっていく。同時に、樹木のさざめきにも似た人々の喧噪《けんそう》が耳につきはじめ、それは見る間に高まった。

その音源を突きとめたのは、匂いと音を頼りに何度目かの角を曲がったときだった。住宅街にぽっかり開けた空き地のような公園に、無数の人々が群がり、そこだけが別世界のように華やいでいた。賑《にぎ》やかなかけ声に笑い声。音楽。いったい何のお祭りか。

その答えは公園の正門に掲げられた立て看板にあった。

『ようこそ、ジビエ・フェスタへ！』

ジビエ・フェスタ？

何だろう、と目と目を見合わせる美也と私に、門のそばにいた鹿《しか》（のかぶりものをした人）がぬっとチラシを突きだした。次なる答えはそこにあった。

『若里町《わかざとちょう》初のジビエ・フェスタへようこそ！　今宵は地元人気レストランの敏腕シェフ

たちがジビエ料理の腕をふるい、皆さんにスペシャルな夜をご提供します。高タンパク・低脂肪のジビエでみんな元気に！　町も元気に！』

どうやら町興しの一環らしい。

「へえ。日本のお祭りも日進月歩だね」

感心する私の横で、美也は食いつくようにチラシの裏にある出店ブースの案内図を読みふけっている。

「すごいよ、紗弓。ジビエっていろいろあるんだね。鹿、猪《いのしし》、穴熊、雉《きじ》……やばい、ぜんぶ美味しそう」

「美也。石垣牛が待ってるよ」

すかさず釘《くぎ》を刺すも、美也はチラシから目を離そうとしない。

「なんだか、牛が平凡に思えてきた」

「はい？」

「だって、ジビエだよ。牛はいつでも食べられるけど、ジビエ・フェスタは今日限りだよ」

もはや何を言っても遅きに失した。あたり一面にうずまくジビエ臭に美也の鼻孔はもはや全開で、眼光も狩人並みにぎらついている。

「それに、これ以上ないほど肉腹ってときにジビエ・フェスタへ行きつくなんて、これってもう偶然じゃなくて必然って気がする」

「必然」

「決めた。今日はジビエでいく！」

美也が高らかに宣言した直後、頭上のスピーカーからこれまた高らかなアナウンスの声が流れた。

「皆さま、お待たしぇ……お待たせいたしました。一夜かぎりのロックバンド、若里ジビエーズのショーが始まります。ぜひおしゃ……お誘いあわせの上、テニスコートの特設ステージへお集まりください。若里うりぼうダンサーズのダンスも見りゃれます」

ろれつの怪しいアナウンサーは最後に酔っぱらい特有のしゃっくりを残し、私は有象無象が跋扈《ばっこ》するローカル地獄に足をすくわれた空恐ろしさを胸に、野獣の匂いに満ちみちた公園を呆然《ぼうぜん》と見渡した。


〈クンちゃん到着しました！〉

〈小坂も到着！〉

〈泰介も予定より早く到着。こっちはスタンバイOKでーす！〉

〈そっちはどう?〉
〈おーい、紗弓??〉
〈こっちはスタンバイばっちりです。みんな待ってるよ。大丈夫?〉
〈紗弓どうした? なんかあったの?〉
〈みんながざわつきだしてます〉

若里うりぼうダンサーズを観たいとごねる美也をなだめすかしてジビエ料理の出店ブースへ引っぱっていくあいだにも、カトマリからのメールは着々と数を増していく。スマホが着信音を鳴らすたびにびくっとし、怖くて返事を送れない。腕時計の針は七時四十分の手前。とにかく美也にジビエを食べさせて皆のもとへ連れていかなければならないのに、園内狭しと軒を連ねる露店は途切れるところをしらず、美也はどれにしようか悩むばかりでなかなか買うに至らない。

「美也。なんでもいいから早く決めて、さっさと食べよう。迷ってるあいだに三十五歳になっちゃうよ」

全力でせっついた結果、ようやく美也は鹿の炭火焼きと猪のカレー風味煮込みを選び、公園の中心部にある時計台を囲んだ臨時の飲食コーナーに腰を落ちつけた。会議机を二つ合わせたテーブル席はほぼ満席で、老若男女の誰もが紙皿にジビエを載せている。

「生ビール、どこで売ってるんだろ。私、探してくる」

美也が颯爽《さっそう》と探索にくりだすと、残った私はいやな汗が滲《にじ》む額に秋風を受けつつ、カトマリに苦しい言いわけメールをしたためた。

〈カトマリ、ごめん！　。。(*´□`)。

話せば長くなるけど、いろいろあって、美也がコントロール不能。

もうちょい時間をください〉

送信して十秒とせずにメールの着信音が鳴る。固唾《かたず》を呑んで私からの連絡を待っていたのがわかる。

〈なんで？　どうしたの？　今どこ？〉

疑問符の三連発に空腹の胃がきりきり痛みだす。

〈フェスタ〉

ジビエ・フェスタと告げる勇気はなかった。

〈フェスタ？　なにそれ。どこの？〉

〈美也んちの近く〉

〈！　なんでそんなことになってるの？〉

〈私もそう思う。ほんとにごめん。あとで説明するけど今は美也がもdってきちゃうから、また。八時半までにはいくからもう少し待っておねぎい〉

もはや八時半到着の見込みは薄かった。レストランまでの距離＋美也に化粧直しをさせる時間を考えれば、たとえタクシーを拾ったところで、ここにいられるのはあと三十分がせいぜいだ。なのに、美也はまだ一口もジビエを食べていない。

どくどくと胸が鳴る。とにかく一刻も早くこのジビエ・トラップから抜けだすしかない。

「お待たせ。ぎんぎんに冷えてるよ」

悩める人の気も知らず、席に戻った美也は満面の笑みで私に生ビールのプラスティックカップを手渡し、「カンパーイ！」と自分のそれを天に向かって突きあげた。

「お誕生日おめでとう、私！」

あ、そうだ。誕生日なんだ。ふと我に返って、ハッとした。ややこしすぎるシチュエーションにこの夜の本質が埋もれてしまっている。

「お誕生日おめでとう、美也」

いまひとつ声に力が入らないながらも、私は自分のカップを美也のそれに近づけ、急ごしらえの笑顔で祝福した。

「いい一年になるといいね」

「うん。きっとまた、あっという間。時間は限られてるから、ささっと食べて、鎌倉野菜に行こう」

「そうそう、あっという間だね」

促すまでもなく、美也の割り箸はすでに鹿の炭火焼きを捕らえている。

表面にほどよい焦げ目のついたステーキ肉。一口大に切りわけられたそれが口へ運ばれ、赤い唇の谷間に落ちる。軽く目を細めてゆっくりと噛《か》みしめ、美也は妙に艶めいた声を洩らした。

「うーん。ジ・ビ・エって感じ」

「美味しい?」

「うん。癖はないけど、野性はあるっていうか」

「野性」

「はー、獣のエキスが沁《し》みわたる。たまらん」

よほど肉に飢えていたのだろう。続けざまに猪のカレー風味煮込みへ箸を移した美也は、そのてらてらと大きな塊を一口で平らげ、勢いまかせに鹿、猪、生ビール、鹿、猪、生ビール——と、豪快に胃へ流しこんでいく。まさに猪突《ちょとつ》猛進の体《てい》だ。三巡目のそれを終えたあたりでようやくひと心地ついたのか、圧巻の迫力に魅せられていた私をふりむいた。

「紗弓、どうした？　さっき、お腹ぎゅるぎゅる鳴ってたじゃん。食べなよ」

絶え間なきメールの着信音に体は萎縮しているものの、確かにお腹は減っていた。二本よりも四本の箸でつついたほうが早く皿も片付く。よし、と私は景気づけに生ビールで喉《のど》をうるおし、見た目は牛肉と変わらない鹿の一切れを口へ放りこんだ。

最初のひと噛みからして、あきらかに牛とは似て非なるものだった。豚でもなければ鶏でもない。初めて食べる動物の力強い味。胃の内側がぽっと熱くなる。

「あ。なんか……」

「野性、来た？」

「来た、来た」

噛んでも噛んでも鹿肉からはジューシーな肉汁がほとばしりつづける。ほのかに甘く、鉄分を帯びた濃厚エキス。続けざまにスパイスの効いた猪肉をほおばったころには、胃の熱が全身まで行きわたり、心なしか舌や指先までがぬくもっていた。

「ジビエ、やるね。なんか、むくむく元気になってく感じ」

「うん、精のつきかたが半端なさそう。やっぱ飼い慣らされた家畜とは違うね」

「どこが違うんだろう。筋肉？」

「山で生きてた弾力だよね。あと、脂？」

「うんうん、脂も全然違う。そこいらの豚とは格が違う感じ」

その正体を探るように競って箸をのばすうちに、二つの皿はすぐ空になった。

「よし、撤退……」

「私、雉の山椒《さんしょう》焼き買ってくる」

「え、美也、ちょっと……」

引きとめようと腰を浮かした。はずが、野獣の脂でぬらついた私の口はよもやの一語を発していた。

「じゃあ私、生のおかわり買ってくる」

何を言っているんだろう。何をやっているんだろう。己の正気を疑いながらも私の足は生ビールの売り場をめざして進む。皆を待たせちゃいけないという責任感が、もう少しここでまったりしたいという誘惑に押さえこまれていく。野性が理性を圧していく。

雉の山椒焼きを肴《さかな》に二杯目の生ビールを飲みほしたころには、二杯も三杯もそう変わらないし、皆を三十分待たせるのも一時間待たせるのも変わらない、という大らかな心持ちになっていた。年に一度の誕生日だ。生涯初のジビエ・フェスタだ。美也の言うところの「必然」に絡めとられた以上、ジタバタしたってしょうがない。

居直って飲み食いにふけっているうちに、気がつくと、さっきまでテーブルの斜向《はすむ》かいでぎこちない会話を交わしていた若いカップルが、互いの体を大胆にまさぐりはじめていた。男が女の腰をさすれば、女は男の腕を揉《も》む。公衆の面前で吸いつきあう唇に、しかし、不思議と不快感が湧《わ》かない。自然界を彩る蝶《ちょう》の交尾をながめているかのようだ。

「そういえば、私、若いころはいつも思ってたな。人間にとって一番大切なのは嗅覚だって」

立ちこめる獣臭と自分の体臭が確たる境界を失っていくなか、噛みごたえのある雉肉との格闘に疲れた私の口から、我知らずそんな言葉がこぼれていた。

「みんな自分の鼻を信じてさ、もっと直感的に、本能のままに生きればいいのにって。後先なんか考えないで、今だけに集中して。それが本来の自然な生き方なんじゃないの、って」

雉を囓《かじ》る美也の口が止まった。へんなことを言って驚かれるかと思ったら、驚いたのは私のほうだった。

「ああ、そうだよね」

美也は平然とうなずいてみせたのだ。

「普通の人っぽくふるまおうとしてるのはわかるけど、紗弓は本来、そういう人だよね。社会のルールよりも自分の感覚を優先にするっていうか」

「え」

「結婚に自信がないっていうのも、そういうことだと思ってた。一夫一妻制が紗弓には合わないのかなって」

「あ……」

多分に濁音を含んだ「あ」が私の口から長々と尾を引いて宵闇に溶けていく。それ以外の音が出てこない。相手の動揺を面白がるような美也の瞳の色に、やっぱり、としぶしぶ観念した。

「やっぱり美也、憶《おぼ》えてたんだ」

美也は当然という顔をした。

「そりゃあね。衝撃のカミングアウトだったもん」

たしかに、と思う。大学二年生の美也にとってはショッキングな告白だったにちがいない。

——私、彼氏と一対一でつきあってると、なんかうまくいかないんだよね。上手にバランス取れなくて、相手に偏りすぎたり、逆に離れたくなったり。でね、もう一人いると、なんか安定するの。二対一。そのほうが据わりがいいっていうか、両方とうまくいくんだけど、やっぱ私、どっかおかしいのかな。

まだ泰介とつきあっていた当時、かなりネジの外れた自分の本性を美也にだけ覗《のぞ》かせたのは、この子ならば簡単に私を軽蔑したり、正論ずくで断罪したりしないと踏んだためかもしれない。最悪、自慢と取られかねない相談ながらも、私は自分の歪《ゆが》みを本気で恐れ、客観的な意見を求めていたのだった。だからこそ、美也の目に嫌悪ではなく憐憫《れんびん》の色が灯《とも》ったときには、情けないながらも救われた思いがした。

――つがいの形って、動物によってそれぞれじゃない。二対一が紗弓のネイチャーだったら、それはそれでしょうがないんじゃないの。そう生まれたのは紗弓のせいじゃないし。それに、大人になればまた変わってくるかもしれないし。

そう私を励ましたあと、でも、と美也は小声で言い添えたのだった。でも泰介はかわいそうだけど、と。

「あのとき私、大人になったら変わるとか分別臭いこと言った憶えがあるけど、カトマリ見てても人はそうそう変わらないし、最近は、べつに変わらなくてもいいいって気がしてきたよ」

あれから十五年の歳月を経た美也の目には、もはや憐憫の色すらもなかった。

「人はそれぞれのネイチャーのままに生きればいいし、どっちみち、それしかできないんだって」

美也ってこんな人だっけ？　ふわふわしていた女友達が一足飛びに腹のすわった肝っ玉母さんへと変態した。そんな思いに取りつかれ、私は瞳を瞬かせた。

「変わらなくてもいいってこと？」

「変われないならしょうがないってこと」

「もしかして泰介のこと言ってる？」

私の問いには答えずに美也は言った。

「紗弓、今は古地図の人以外にはいないの？」

「うん。さすがに三十過ぎてからは一対一だね、ずっと」

「それで紗弓はいいの？」

「うーん。あいかわらずバランス悪いし、なんか一輪車で人生旅してるような感じもあるけど、もうそんなことも言ってられないし」

「でも、それって紗弓のネイチャーに反してるわけだよね。無理してるってことでしょう。その一輪車の旅は、偽りの人生みたいになっちゃわない？」

「偽りの……」

「今の彼と煮詰まってるのも、もしかして、一対一のせいだとか？」

「トイレ行きながら考えてもいい？」

「じゃあ私、野兎《のうさぎ》のカツレツ買ってくる」

少々頭を冷やしたいのもあって席を立ったものの、実際、トイレを探しながら私が考えたのは自分のネイチャー問題ではなく、大学生活をめぐる長年の謎だった。

美也はなぜ、あのことを泰介に言わなかったのだろう。

美也は私の二股癖を知っていた。それを告げ口していたら、泰介はもっと簡単に私と別れられたはずだ。「おまえも同じことしてたんだろ」。それでおしまい。美也だって正々堂々と泰介の新しい彼女になれた。なのに、美也は言わなかった。今日の今日まで自分一人の胸の内に秘めて、恐らくこのまま墓場まで持っていく気でいるのだろう。

結局のところ、私はそんな彼女のフェアネスに完敗したのかもしれない。

二股の相手が美也だったからこそ、耐えがたいショックにとち狂い、自分を棚に上げて泰介を罵倒した。そして、相手が美也だったからこそ、最後には二人を祝福した。十五年後の今だって、一緒にいるのが美也だからこそ、行き当たりばったりのジビエ・フェスタをこんなにもエンジョイできている。

貪欲に獣を求めつづける人々の波をかいくぐっているうちに、鹿と猪と雉であたたまったお腹の底からふつふつと嬉しさがこみあげてきた。あのとき、美也を失わなくてよかった。泰介程度の顔のために、私のネイチャーを肯定してくれる友達を否定しなくてよかった――。

嬉しいついでに野兎のカツレツに合いそうな赤ワインでも買っていこうと、トイレの帰り、私は出店ブースへ足を向けた。バッグのなかから不吉な音が聞こえてきたのは、闇夜に浮かぶ恐竜みたいなジャングルジムの脇を通りかかったときだ。

無視しつづけていたメールではなく、電話の着信音。この夜の平行線上にあるもう一つの傍流が頭によみがえり、私は呼吸を浅くした。

スマホの画面は「石橋泰介」の名前を映しだしていた。

「紗弓、おまえ何やってんだよ。美也はどうしたよ。フェスタって何だよ」

「いっぺんに聞かないで。こっちにもこっちの事情が……」

「どんな事情があったらこんなに遅くなれるわけ？　七時に店に来るはずが、もうすぐ九時だぞ」

「えっ、九時？　やば。ごめんごめん、すぐ行く。赤ワインもあきらめる」

「赤ワイン？」

「ね、そっちはどんな感じ？　みんな待ちくたびれてる？　怒ってる？」

「もうそういうの通りこして、ただの飲み会になってるよ。これ以上遅れたらおまえらの食いぶん、残ってないぞ」

「それはいいけど……そっか、そっちも宴会はじまってるんだ。何人？」

「俺入れて八人。もうすぐ九人目が来る」

「誰？」

「卒業直前に初めてスコア500超えて泣いて喜んでた紺野千香《こんのちか》っておぼえてる？　ヒデが急にさ、あの自分に甘かった紺野のこと、じつはあのころ好きだったの、まだ忘れられないのって言いだして」

「へえ」

「そしたら、クン太が紺野のケータイ番号知ってて、電話して呼びだせ呼びだせって盛りあがって、電話したらマジでこれから来るって話になって。今、ヒデが告白の練習してるとこ」

「はあ」

「けど、いくら紺野が来たって主役が来なきゃ締まんねえし、こっちも示しがつかねえし、頼むから早く美也を連れてきてくれよ。紺野よりも早くな。これ以上、俺の顔をつぶさないでくれ」

「顔、ねえ」

「なんだよ、その声」

「べつに。それはそうと泰介、あんた、あんまり美也を欲求不満にさせないほうがいいよ。美也、肉に飢えてるよ。もとはと言えばそのせいで……」

「な、なんだよそれ。急にエロいこと言いだすなよ」

「は？」

「チッ、負けた」

「へ？」

「紺野来ちゃった。じゃあな」


泰介の口ぶりから察するに、あっちはあっちで主役不在の酒宴をそれなりに楽しんでいるようである。そっかそっか、と肩の荷を軽くした私は赤ワインをボトル買いして時計台へ引きかえした。

紺野ちゃんが登場したということは、今後しばらくはヒデがメインの告白タイムとなるだろう。むしろそんな最中に割って入るのは無粋というものだ。ヒデの告白が成功したあたりで美也を連れていけば、皆の祝福ムードのなかで大幅な遅刻も見逃され、いい感じで迎えてもらえるかもしれない。あるいは、ヒデの告白が失敗したあたりで美也を連れていけば、どんよりムードを一掃する救世主として感謝されるかもしれない。

そんな魂胆を胸に私は美也のもとへ戻った。

美也の口からこの夜を根こそぎひっくりかえすような爆弾発言が飛びだしたのは、その数分後だった。

「私さ、言おうかどうしようか迷ってたんだけど、だんだん、何を迷う必要があるのかわかんなくなってきた。言いたいことは言えばいいんだよね。自制心なんて百害あって一利なし！」

プラスティックカップの赤ワインをぐいぐい呷《あお》りながらも、酒豪の美也はいまもって滑らかな舌で打ちあけた。

「泰介、カトマリと浮気した」

私はちびちびすすっていたワインを噴きそうになった。

「うぐ……え？」

「泰介がカトマリと寝た」

「浮気した」から「寝た」へ表現が変わっても、私の脳は依然としてそれを受けつけようとしない。

泰介とカトマリが？　まさか、そんな。ありえない。だって二人は今、まさにこのとき、鎌倉野菜の店で美也を待っているはずなのだから。

「私、カトマリのこと、結構本気で心配してたんだよね。ほんとは辞めたくないのに会社を辞めちゃうと、あとからじわじわダメージが来るの、自分も経験してたから。だから忘年会で顔を見たかったんだけど、上の子が熱出して行けなくなっちゃったでしょ。で、しょうがないから泰介に頼んだの。カトマリ、弱ってるかもしれないからよろしくねって。そしたら、あいつ、何を頼まれたと思ったんだか……」

虚脱の目をした美也が言うに、去年の忘年会の夜、「カトマリは俺に任せろ」と大見得を切って家を出た泰介は（返すがえすも何を任されたと思ったのか）、午前一時をまわっても家に帰ってこなかった。いつもはそれほど遅くならない会なのに、怪しい。経験から研磨された第六感を頼りに、美也は私に確認の電話をした（そういえばそんな電話がかかってきた）。そこで二つの事実を知った。忘年会はとうにお開きになっていたこと。そして、帰り際、泰介が酔ったカトマリを介抱していたこと（そういえばそんなよけいなことを言った）。

美也の脳裏をうずまく疑惑が確信と化したのは、午前三時すぎ、酔ったふりをした泰介がようやく帰宅したときだった。

え、と私は思わず口を挟んだ。

「泰介、白状したの？」

「まさか。聞いてもいないのに自分から言わないよ」

「え。美也、問いつめなかったの？」

「だって、いちいちそんなこと。もう私、あの顔のＤＮＡと結婚したって割りきってるから」

「でも……じゃあ、なんで浮気したって確信を？」

「泰介の匂いを嗅いだの」

「匂い」

「枯れ葉の匂いがした」

腕の付け根がぞうっと粟立《あわだ》った。

「私、それまでずっと、それってカトマリ特有の文学的表現みたいなやつだと思ってたんだよね。けど、違った。本当に朽ちていく植物の匂いだった。正直言っちゃうと、私、泰介がカトマリと寝たことより、あの去勢されてないケダモノ代表みたいだった泰介から、そんな匂いがしたことのほうがショックだったかも」

赤黒いブラウンソースのかかった野兎のカツレツを嚙みしめながら、美也は記憶のなかにある忌まわしい匂いを追うように鼻をひくつかせた。が、当然ながらそこにあるのは獣臭のみだ。あきらめた美也が再び眼下の肉片に手をのばすのを待って、私は胸の疑問を声にした。

「で、どうするの。泰介とカトマリ、今も続いてるの？　美也はそれで平気なの？」

「泰介は誰とも続かないから、たぶんカトマリともあれっきりじゃないのかな。平気もなにも、しょうがないじゃん。だって、泰介とカトマリだよ。二人ともどうかしてるけど、それは今にはじまったことじゃない」

「知らないふりして許すってこと？」

「許さないけど、黙っとく。そりゃ腹は立つけどさ。とくにカトマリにはね。友達のくせにって。でも、そのこと考えれば考えるほど、自分に返ってくるんだよね。私が昔、紗弓にしたこと」

「あ」

「絵に描いたような因果応報じゃない」

「うーん」

「癪《しゃく》に障るのは、なんとなく、泰介とカトマリもそんなこと思ってる気がするんだよね。

私も前に同じことしてるんだから四の五の言えないだろう、とか。私と紗弓がまるく収まったから、カトマリもなんとかなるだろう、とか。そういう甘い考えが透けて見えるのがもやもやするところで」

うーんと再びうなりながら、そのとき、私が頭のなかで忙しく考えていたのは、泰介とカトマリが何を思って一線をこえたのかではなく、その後の二人が何を思って美也のサプライズ・パーティーを計画したのかということだった。

発案したのはカトマリ。それに泰介も乗った。陰で美也を裏切っておきながら、なぜそんなことができたのか。

美也への贖罪《しょくざい》意識が勘違いの方向へ暴走した？

これからも元サークル仲間としてやっていくという意思表明？

自分はこんなにさばけた女だというカトマリのアピール？

カトマリが泰介とまた会いたかった？

頭をひねっても、ひねっても、この程度の仮説しか出てこない。

一つたしかなのは、たとえそこにどんな正解があったとしても、今夜のサプライズ・パーティーがひどく悪趣味であることだ。

傷つけたいのであれば、本気で牙《きば》をむけばいい。美也をこんな戯れの餌食《えじき》にされたくない。しんとした怒りのなかでそう思った瞬間、私の心は決まった。

「美也」

「ん？」

私の黙考中にもせっせと箸を動かし、紙皿の野兎をほぼ一人で平らげつつある美也が顔をあげた。脂をてかてか光らせた頬にソースまでつけている。反射的に手をのばしてそれをぬぐい、一瞬、喉を詰まらせてから、私は覚悟して言った。

「じつはね、今、サークルのみんなが鎌倉野菜の店で……」


〈紗弓、電話に出ろ〉

〈おい、なんで電話に出ないんだよ〉

〈あーマジどうなってんだよ。すぐ来るとか言って全然来ないし電話も出ないし〉

〈どうするんだよサプライズ。美也はどうしたよ？〉

〈電話に出るか返信するかどっちか応えてくれ。頼む〉

〈ほんと勘弁してくれ。せめていまどこで何してるのか教えてくれ。俺にも皆への説明責任がある〉

〈死んでねえよな？〉

〈生きてます（;´Д`;）〉

美也と一緒に鹿と猪と雉と野兎を食べたところで、これから穴熊です〉

〈気は確かか？〉

〈泰介こそ〉

〈なんだよ〉

〈あんたの尻が軽いのはネイチャーだからしょうがないって百歩譲っても、タチの悪い女の選び方はやめときな。いつかは顔も老けるし美也に捨てられるよ〉

〈なんだそれ。美也になんか聞いたのか〉

〈とりあえず今夜の美也は私が預かります。そっちはそっちで楽しくやってください〉

〈待て。どういうことだ〉

〈紗弓どうした？　何かあるなら教えて。説明して。なんかあった？〉

〈頼むからなんか言ってくれ！　俺はどうすりゃいいんだ〉

〈鎌倉野菜食べてれば？〉

〈カトマリさま

いろいろあって、今日はそっちへ行くのやめました。

これが、私と美也からのサプライズです〈(＊‾ー‾)〉

穴熊のコンフィ。鶉《うずら》のロースト。牛蛙《うしがえる》の唐揚げ。新たに調達したジビエ三皿を前に、私たちは改めて「乾杯！」と鳴らないプラスティックのカップを合わせ、いつの間にか十時半を過ぎて一つ歳を重ねていた美也を祝った。すでに相当量を収めていながらも胃はまだ活力を損ねておらず、食べても食べてもまた新たな肉を乞い求めるような飢餓感が去らない。月夜を翔《かけ》るカラスらしき鳥のシルエットを見ても唾《つば》が出るほどだ。

「穴熊、ヒット！　脂がめちゃくちゃ甘い。えぐみはないのに野趣はしっかりあって」

「鶉は手堅いよね。高級フレンチのメインも張れるセレブジビエっていうか、プレミアムジビエっていうか」

「これ、ほんとに牛蛙なのかな。鶏肉みたい。淡泊でイケる。いくらでも入りそう」

見る見る減っていくボトルのワインと増えていく血中の獣性に上気しながら、私たちはこの一夜を意地でも楽しみぬこうという合意のもとに、皿の肉をつぎつぎ嚥《えん》下《げ》していく。一口食べては熱く吐息し、また一口食べては目を閉じて余韻を味わう。目の前の肉とただただ純粋に向きあうことで世界のあらゆるややこしさから自分たちを解き放つ。

時おり胃に充満した獣臭がげっぷと共に逆流して夜陰にスパークする瞬間、空だって飛べそうな気がする。

「くく。くくくく……」

一心不乱の獣喰いの最中、突如、美也が体をよじって笑いだした。

「なに、美也。急に酔いがまわった？」

「ちょっとね、想像しちゃって。泰介たち、今ごろまだ鎌倉野菜食べてるのかなって」

顔をくしゃくしゃにした美也が目尻の涙をぬぐう。

「たとえば……パプリカ、とか。くく」

私はその図を想像した。たしかに笑える。

「ぷ。ラディッシュとか？」

「そうそう、ズッキーニとか。くくく」

「ぷぷ。ヤングコーンとか」

「ア、アーティチョークとか」

「し、し、白いナスとか」

二人して鎌倉っぽい野菜を挙げあい、ひくひく肩を震わせる。野菜の名前がなぜこんなにおかしいのだろう。食べすぎのせいか笑いすぎのせいか、お腹が痛くて苦しい。

美也といるといつだって、私は箸が転んでもおかしいころの自分へ戻っていける。これからもきっと、いろんなピンチをバカ話に変えて、二人で笑いとばしていくんだろう。本当は泣きたいときも。この野蛮な世界でサバイバルしていく自信をなくしたときも。

テーブルの斜向かいでいちゃついていたカップルの影はもうなかった。満席の人で沸いていた飲食コーナーもいつしか静まり、遠く聞こえていた若里ジビエーズの演奏も止んでいる。おかげで私たちの笑い声は深閑《しんかん》とした森を震わす咆哮《ほうこう》のようによく響く。

笑いの発作が収まると、美也はさっぱりしたような顔で夜空を仰ぎ、「決めた」と唐突に三十五歳の抱負を語りだした。

「私、三十五歳のうちにＴＯＥＩＣのスコア８４０以上を取る」

「え」

「そしたら通訳ガイド試験の一次試験は免除になるから、二次試験にむけてがんばろっかなって」

通訳ガイド試験。ワインの赤に染まった口には似つかわしくない単語に、はたと箸が止まった。

「美也、通訳ガイドになるの？」

「ってわけじゃないけど、あれば再就職に役立つかもしれないし、自分に自信もつくかなって。こんなご時世だし、泰介との将来も当てにならないし、転ばぬ先の杖《つえ》？」

「なるほど」

「それに、TOEICのハイスコア持ってたら、少なくとも東京オリンピックで通訳ボランティアくらいはできるじゃない」

「東京オリンピック？」

「外国人のお・も・て・な・し。ちょっと楽しそうでしょ」

そう来たか、と私は美也のワルそうな顔に見入った。

東京オリンピック――ジビエ・フェスタとはスケールを異にする国を挙げてのお祭り。まだまだ先の、自分とは関係のない空騒ぎと思っていたそれが、にわかに身近なものとして迫ってきた。

「それ、いいね。私もまたTOEIC受けてみようかな」

「そうだよ。紗弓も一緒に通訳ボランティアしようよ」

「四年に一度だもんね。つぎに日本で開催されるまで生きてるかわかんないし」

「そうそう、どんな外国人のイケメンと出会うかわからないし」

「私、やる。決めた」

「よし。一緒にがんばろう」

残りわずかな赤ワインを注ぎきり、「乾杯！」と二つのカップをひときわ高らかに掲げた、そのときだった。私たちのテーブルに二つの高い影が近づき、その一方が甘い声でささやきかけてきた。

「If not bothering, may we join you?」

弾かれたように美也がふりかえる。その瞳がテーブルの脇に立つ男の金髪を、彫りの深い顔を、そしてその両手に抱えられた皿にある得体の知れないジビエの丸焼きを順に捉えていくのがわかった。こくりと美也の喉が鳴る。さっきの笑い涙でマスカラの滲んだ目元が妙になまめかしい。

「Why not?」

嫣然《えんぜん》と微笑む美也の声に、横にいたもう一人の黒髪の男も一歩足を進め、視線を移した私と目を合わせた。褐色の肌に潤むアーモンド形の瞳。そのストレートな誘惑の光に皮膚の表面がざわつく。鼓動が乱れる。腹部の熱がその下へ潜る。

彼を見たまま足先で美也のハイヒールを突《つつ》くと、美也もまた同じ動作を返してきた。

血腥《ちなまぐさ》い夜のデザートがはじまる。

スワン
（『ラン』番外編）

1

就職祝いに何がほしいか聞かれたとき、私の頭に浮かんだのは自転車だった。まどろっこしい答え方をしたのは、いくらハタくんがお金持ちのボンボンだからって、贈りものとしてそれはけっして安いものではないと思ったから。

「なにか、乗りものがほしいかも」

「乗りもの？」

「その、かわいいサイズで、気軽に漕《こ》げるような」

漕ぐといったら、自転車。心の声を相手に汲《く》んでもらおうとするのは私の悪い癖だ。でも、ハタくんは心得たとばかりにニッコリうなずいてくれたから、てっきり伝わったものと思っていた。

ハタくんには誕生日プレゼントとしておじいさんから潜水艦を贈られた過去がある、という驚愕《きょうがく》の事実を知ったのは、それから二ヶ月後のことだ。

「潜水艦っていっても、おもちゃみたいな道楽用のだよ。おじいちゃまの別荘の庭に沼があってね。子どものころ、そこに潜ってみたくてしょうがなかったんだ」

就職祝いが完成したよ。ある日突然、そう告げられて車に乗せられ、どことも知らない遠くへ運ばれていくあいだ、ハタくんが潜水艦の思い出を語るほどに、私は落ちつかなくなった。なぜ、今、そんな話をするのか。この車はどこへ向かうのか。就職祝いが、完成？

「着いた。おじいちゃまの別荘だよ」

都心から約三時間、樹木の緑が滴《したた》る山間《やまあい》にたたずむ屋敷の前で車が停まったとき、私は悪い予感がした。ものすごく。

「ここから先は車じゃ行けないから」

ハタくんが私の手を引いて向かった先は、屋敷ではなく、庭だった。ゴルフのミニコースがある芝を横切り、迷路のような植物園を抜けて、奥の藪《やぶ》へと分け入っていく。進むほどに深まっていく草を掻《か》きわけ、立木の枝をくぐり、苔《こけ》むした斜面をくだる。髪の生えぎわが汗ばんできたころ、ようやく視界が開けた。

「あれだよ」

ハタくんが指さした先には翡《ひ》翠《すい》色の沼が広がっていた。その水面に光るものを見て、私は瞳を瞬いた。

「小枝《こえだ》ちゃん。就職、本当におめでとう」

そこには一羽の巨大な白鳥――を模した「乗りもの」が浮かんでいた。

スワンボートだ。


長いまつげのつぶらな目。優雅なS字を描く首。その胸もとに赤く刻まれた『小枝号』の文字。ペンキの白も、操縦席も、何もかもが真新しい。間近で見れば見るほどに、それは美しいスワンボートだった。

「大学も行かずに引きこもってた小枝ちゃんが、時間がかかっても卒業して、就職までしたんだ。そんじょそこいらのお祝いじゃ、俺の祝福心が満たされないからね」

放心の体《てい》にあった私に、ハタくんがさも会心の贈りものをしたとばかりのドヤ顔で言う。いずれ跡を継ぐお父さんの会社で修行中の彼は、けっして日常的に贅沢《ぜいたく》をする人ではないけれど、やっぱり基本、経済感覚がぶっとんでいる。

「小型だし、ペダル式だから手漕ぎボートよりも気楽に漕げるよ。さ、乗ってみなよ」

驚きさめやらぬまま、私はスワンボートの操縦席に座った。ハタくんもそれに続くのかと思うと、いつまでもニコニコと目尻《めじり》を垂らしているばかりで動かない。

「ハタくんは？」

「俺は接岸するときのために残らなきゃ」

「え。じゃあ、私ひとりで乗るの？」

「危険はないから、大丈夫。スワンには浮き輪も積んでるし、水もそんなに深くない。俺がここからずっと見守ってるしね」

そう言われても……。とまどいを胸に、私はあらためて目の前の沼を見渡した。面積としては少年野球ができる程度？　水の周りをぐるりとシダ系の植物が取り巻き、その上から種々の樹木が枝を伸ばしているから、正確な輪郭はわからない。テレビで観る秘境アマゾンの一景に似ているかも。この自然界の只中《ただなか》に、私ひとりで漕ぎだす？

ぶるりと震えが走った。でも、ここで私がひるんだら、この手のこんだサプライズがだいなしになってしまう。晴れて社会人の仲間入りをした以上は、スワンボートくらいひとりで漕げなきゃってところもある。

「うん。じゃあ、ちょっと探検してくるね」

勇気をふりしぼってペダルに足をかけた私を、「小枝ちゃん」とハタくんが呼びとめた。

深刻な声。瞳の色もさっきまでとちがう。

「すぐにとは言わないけど、ゆくゆくは君と一緒になりたい。いつか俺たちの子どもをこのボートに乗せたい。小枝号にはそんな夢が詰まってるんだ」

……もしかして、これってプロポーズ？

突然のことにまごつく私を乗せて、スワンが水面を滑りだす。返事をできないどころか、彼の顔さえまともに見られなかった。

ハタくんと結婚。交際三年目ともなれば、べつに不自然な話ではない。むしろ自然な流れなのかもしれない。なのに、胸が躍らない。それどころか、なんでだろう、岸を離れるほどにどんどん心が重くなっていく。

この憂鬱《ゆううつ》はなんなのか。

わけがわからず、初夏の陽《ひ》を照りかえす沼へと目を泳がせた。

異変が起こったのはそのときだった。

水面を覆っていた光の網が、突如、ぐるぐると高速回転の渦を描きはじめた。

え、なにこれ。ぎょっと目を見開いた次の瞬間、今度は不透明に淀《よど》んでいた水が、色素の膜をぺろんとめくったように透明になった。

ただの透明じゃない。まるで映画のスクリーンのように、その水面はそこにあらざる人の影を映しだしていたのだ。

小枝のように手足が細い、やせっぽっちの女の子。
見覚えがある。
当然だ。
だって、それは幼いころの私自身だから。
「なんで……」
これはなに？
パニクる私に、スワンがささやいた。
——あなたの心の澱《おり》ですよ。
澱？
……って、スワンがしゃべった！

2

まるで夢のようだった。昔のホームビデオでも観ているみたいだった。夢の中で昔のホームビデオを観ている感じ？　そう、それが一番近い。

水面のスクリーンに幼き日の私がくっきり映っている。肉のない顔。頼りなくふらついた首。ぺらぺらのお腹。見るからに貧相で薄っぺらい。それでもまだこの体が邪魔で、いっそ消えてしまいたいと願いながら、母の目からいつも必死で逃れようとしていた。

完璧《かんぺき》を求める母の目。けっして妥協を許さない母の目。「ああしなさい」「こうしなさい」ではなく、「ああしてこうしてああしなさい」と微に入《い》り細に入り要求する母の目。自分にできたことは娘にもできると信じて疑わない母は、そうもいかない私への苛立《いらだ》ちを隠そうとしない。努力が足りないと責める。執拗《しつよう》に追いつめる。単身赴任先の父は助けてくれない。「なぜすぐにあきらめるの？」「なぜもっとがんばれないの？」。失望を露《あら》わにされるのが一番きつい。ああ、またがっかりさせた。またお母さんに嫌われた……。

気がつくと、スワンボートのハンドルに頭を押しつけて私は泣いていた。

これは何？　私は何を見たの？

――かきまぜられて浮上した、あなたの心の澱です。

ふたたびスワンがしゃべる。ますますわけがわからない。

――無理もありません。ここは長らく放置されてきた沼です。よって、この沼が宿した神秘の力もまた、今日まで封印されてきたのです。

神秘の力？

——まさに今、あなたが体験したものですよ。この沼には、水の上にいる人間の心の澱を吸いとる力があるのです。

心の澱。私の……子ども時代のトラウマ？

——あなたの場合はそのようですね。心の澱は通常、静かに沼底へ沈んでいきますが、あなたはいささか奇妙なこのボートを漕ぐことで、それをかきまぜ、水面へ浮かびあがらせたのです。

奇妙……って、自分のことを？

——いいえ。私はボートではなく、ボートに取り憑《つ》いているこの沼の精霊です。

神秘。精霊。いよいよ白昼夢めいてきた。

反面、これは現実なのだろうとどこかで認めている私もいた。だって、さっき水面に見た昔の自分があまりにリアルだったから。

娘に自分の理想を求める母親と、それに応《こた》えられない娘の確執。きっとよくある話だ。そう思える程度に今の私は大人になって、母とも短い会話くらいはできるようになったけど、小さいころは口をきくのも怖くて震えるほどだった。積もりに積もった鬱屈が爆発した大学時代には、母の顔を見るのもいやで部屋にこもっていた。変わり者の叔父さんが率いるジョギングチームに引っぱりこまれなければ、今もあのまま自分の殻に閉じこもっていたかもしれない。

走る。そのために外へ出た。食欲もわいた。同じチームのハタくんとも出会えた。友達もできた。いいことずくめ。すっかり別の自分に生まれ変わった気分でいたけれど、やっぱり、どこか深いところで私は変わっていないのかもしれない。

もしかしたら、ハタくんのプロポーズにひるんでしまったのも、そのため?

ハタくんみたいに健やかな未来を描くことが私にはできない。いい娘になれなかった私は、いい母にもなれないような気がして。幸せな家庭をあたりまえと思えない自分が情けなくて。

トラウマの決壊。後から後から涙があふれて止まらない。ハタくんに気取《けど》られないよう、彼がいる岸にスワンのしっぽを向け、私はさめざめと泣き続けた。

澱をかきまぜる。精霊の表現は言い得て妙だった。これまで私の底に眠っていた恨み、悲しみ、怒り——あらゆる負の感情が目覚め、かき乱され、表面へと浮きあがってくる。次から次へと押しよせる。抗《あらが》う術《すべ》もなく私は泣いた。泣いて泣いて泣いて、泣き疲れて泣くのをやめたとき、びっくりするくらいすっきりと心が軽くなっていた。

「え……なにこれ？」

って、ほんと、声にしちゃったくらいに。

心どころか体も軽い。ペダルを漕ぐ足もらくらくだ。まるでスワンが翼を広げて大空へ飛びたったみたい。この異次元の爽快感はなに？

——心の澱は溜《た》めこむよりも、ときどき、かきまぜたほうがいいのです。見て見ぬふりをしていると重くなる一方です。

精霊の声に、なるほど、と納得。過去の澱を出すことで、スワンは私を身軽にしてくれたってことか。まさかハタくんのとんでもサプライズがこんな顛末《てんまつ》をもたらすなんて。

「小枝ちゃーん！」

岸辺から手をふるハタくんにスワンのくちばしを傾け、私は笑顔で手をふりかえした。

母との問題が解消されたわけではない。プロポーズの答えもすぐには出せない。それでも今、岸を離れたときよりも軽やかにペダルを漕ぎ、ハタくんのもとへもどっていけるのが嬉しい。

頰にはりついた涙を風に乾かしながら、私は彼をめざして進む。

きらきら。きらきら。

スワンが水を切るたび、かきまぜられた私の過去が光のしぶきを飛ばす。

3

「ちょっと待って」

ハタくんは動揺を隠さなかった。

「小枝ちゃんがあの沼でふしぎな体験をしたのはわかったよ。信じる。うちのひいおじいちゃまは、その昔、きゅうりの早食い大会でカッパに競り勝ったってのが生涯の自慢だったらしいし、そういうことがあってもおかしくない土地だとも思う」

ふたりで幡山《はたやま》家の別荘を訪ねたその夜、私はハタくんがひとり暮らしをしているマンションの部屋で料理のうでをふるった。

冷やし豚しゃぶ。カボチャサラダ。揚げだし豆腐。適度にこってり、適度にヘルシーなおかずで彼を上機嫌にさせた上で、満を持してある相談をもちかけてみたのだけど、ハタくんの反応は予想外に悪かった。

「こうして百パーセント信じてるんだから、もういいじゃない。なにもわざわざ、俺までスワンボートに乗らなくたって」

「でも、頭でわかってるのと、実際に自分の目で見るのとは、ちがうもの」

「そりゃそうかもしれないけど」

「こんなふしぎな体験、私ひとりじゃとても抱えきれない。ね、お願い。ハタくんもあの沼でスワンを漕いでみて」

そう、私はどうしてもハタくんに同じ体験をしてほしかったのだ。どんなに言葉を尽くしても伝えきれないあの感覚を、この世で私ひとりしか知らないなんて、さびしすぎる。

「心の澱をかきまぜると、すっきりするよ。乗ってよかったって、きっとハタくんも思うから」

……でも、裏表のない単純明快さが美点の彼に、はたして心の澱なんてあるのかな。内心そんなことを考えていた私の前で、ハタくんはいつになく険しい表情をしている。

「タンマ。五分だけちょうだい」

リビングのソファからのっそりと腰をあげたハタくんが向かった先はバルコニーだ。考えごとをするとき、彼はいつもそこで風を浴びながら煙草を吸う。そのあいだだけちょっと大人の顔になる。

きっちり五分後、リビングへ戻ってくるなりハタくんは言った。

「わかった。小枝ちゃんがそこまで言うなら、俺もスワンを漕いでみるよ」

「ほんと？」

「ただし、ひとつ条件がある。俺が漕いでるあいだ、小枝ちゃんにもとなりに座っててほしいんだ」

「私？　もちろん、それくらいでいいなら」

「頼む。本当を言うと、俺……ひとりでスワンに乗るのは、怖いんだ」

怖い――って、それ、どういう意味？　ハタくんは、自分ひとりじゃ受けとめきれないほどの心の澱を抱えているってこと？

今までこれっぽっちもそんなそぶりを見せなかったハタくん。影のかけらもなかった明るい彼が、急にべつの男性になったような気がして、私はこくっと息を呑《の》みこんだ。


その日はあいにくの曇り空だった。二週間ぶりに幡山家の別荘をめざす道中、緊張まるだしのハタくんのとなりで、私も無意味に窓を開けてはまた閉めたりをくりかえした。

「うーん、いいねえ、やっぱ国産の高級車ってのは。超快適。超ナイス。超ドライバーフレンドリー。このまま大島たちがいるヨーロッパまでドライブしたいわ、俺」

ハタくんも私も無口な車内でひとり、ラジオのＤＪそこのけのトークを披露していたのは、ハンドルをにぎる私の叔父さんだ。

「それにしても、やってくれるねえ、君たち。休日の昼さがりにスワンボート？　いまどき中学生だってそんなデートしてねえぞ。いやはや、初々《ういうい》しくて大いに結構。けど、なにが楽しくてわざわざそんな山奥の係員もいないような沼でボート漕ぐわけ？　そのへんのメジャーな湖でよくね？」

そう、ハタくんと私が一緒にスワンへ乗るとなると、問題は接岸だ。岸へもどったときに安全にボートを降りるため、船体と杭《くい》をロープでつないでくれる誰かの手が必要になる。なんとかなるでしょうと楽観的だった私に、ハタくんはいつにない頑《かたく》なさで「誰かに頼もう」と言いはった。

「あの沼はあなどれない。小枝ちゃんを危険な目には遭わせられないからね」

で、私たちが所属するイージーランナーズのリーダーに白羽の矢が立ったってわけ。

もちろん、タダとはいかない。

「ま、いいけどさ。ハタんとこの別荘を我がイージーランナーズの合宿所として使わせてもらえるとあっちゃ、そりゃ喜んで視察に行きますとも。おまえらふたりとも、働きだしたとたんにサボり癖がついてっけど、がんばってるメンバーはがんばってんぞ。新顔も増えて今じゃけっこうな大所帯だ」

走ることしか頭にないこの叔父さんに、沼の秘密はもちろん明かしていない。よって、別荘への到着後、ハタくんと私が神妙な顔で車を降りたときも、神妙な顔で沼へと歩きだしたときも、神妙な顔でスワンに乗りこんだときも、彼はひとりだけルンルンとのんきなものだった。

「行ってらっしゃーい。俺、このあたりをひとっ走りしてくっから、ゆっくりイチャついてこいよぉ」

おめでたいにやけ顔と別れてふたりきりになるなり、いや増しに鼓動が速まった。はたしてハタくんは水面のスクリーンに何を見るのか。

「大丈夫?」

尋ねると、ハタくんは青ざめた顔でこっくりうなずいた。ハンドルをにぎる手の甲に光る汗を見て、なんだか胸がきゅんとなる。

これまで私を大事にしてくれたハタくん。こんな自分でも受けいれてくれる人がいるのだと自信を与えてくれた。今、やっと私が彼を支える番が来たのかもしれない。

一緒にいよう。たとえ何があっても、私が彼を守ろう。

覚悟をこめて私はハタくんの湿った手にてのひらを重ねた。

4

沼の水はグレイの空を映してものさびしく淀んでいる。まるで灰でも撒《ま》きちらしたみたいに水面は暗い。その暗色に亀裂を刻みながら、私たちを乗せたスワンボートはすい、すい、と小さな波を立てて進む。

足もとのペダルを漕いでいるのは、早くもうっすら汗ばんでいるハタくんだ。

乗りこんだ直後、私も一緒に漕ごうとしたら、

――ちょーっと待った！

と、目には見えない沼の精霊に止められた。

――前回同様の現象をお望みなら、ペダルを漕ぐのはひとり限定です。ふたりで漕げばふたり分の澱が混ざってしまいますから。

なるほど。私はおとなしくペダルから足を外したってわけ。

「今のが精霊か。ほんと、スワンがしゃべってるみたいに聞こえるね」

さすがきゅうりの大食い大会でカッパを負かした祖先を持つだけあって、ハタくんは精霊の声にも動じるところがない。

いつも寝起きみたいに重たげなまぶた。よく熟れた果実を連想させるほっぺ。コアラみたいに大きくて、でも決して高くはない鼻。いつ見ても安らぎを与えてくれる彼の顔が豹変《ひょうへん》したのは、岸に沿うようにスワンを泳がせてどのくらい経ったころだろうか。

グレイの水面に突如ヒビが走ったかのように、光の網がかかった。うごめくそれは次第に渦を巻き、やがては一面ぴかぴかのスクリーンと化した。アレがはじまったのだ。

「あ……」

意外にも、まず最初に映しだされたのは沼岸の風景――そう、まさに今、私たちがいるこの沼の岸辺だった。

今よりも緑が色濃く見える。その生い茂る草の上に、巨大なガラスの地球儀みたいな物体が鎮座し、そのまわりをひとりの少年がスキップで飛びまわっている。重たげなまぶた。赤々としたほっぺ。一目で昔のハタくんとわかった。

わからないのは、頑丈そうな金属フレームで囲われたガラスの球体だ。ハタ少年の背丈よりもはるかに高い、この宇宙船のコックピットみたいなものはなに？

「潜水艦だよ」

私の心を読むように、となりでハタくんがつぶやいた。

「憶えてる。これは、おじいちゃまに潜水艦をプレゼントされた日だ。初の潜水に、俺、めちゃくちゃハイになってたんだ」

たしかにハタ少年のテンションは高い。よく見ると、潜水艦のまわりには彼のおじいちゃまとおぼしき老人や、SPみたいな黒服の男たちが四、五人いる。男のひとりが潜水艦の重厚なドアの向こうを示し、なにやら真剣に説明をしているのに、ハタ少年は聞く耳をもたずにそこいら中を跳ねまわっている。あっかんべーをしたり、ブタ鼻を作ったり。

ついにおじいちゃまが怒りだし、手にした杖《つえ》をふりあげた。逃げる少年。追う老人。逃げる少年。追う老人。際限のないそのチェイスは、ある瞬間にあっけなく幕を閉じた。沼すれすれを走っていた少年が足を滑らせ、じゃぽんと水の中へ落っこちたのだ。

立ちのぼる水しぶき。あっぷあっぷする少年（どうやら金槌《かなづち》らしい）。おじいちゃまが「つかまれ！」と差しだした杖にも彼の手は届かず、みるみる岸から離されていく。

危機一髪！　私が手に汗をにぎったところで、SP風のひとりが黒服を脱ぎ捨て、パンツ一丁になって沼へ飛びこんだ。少年を腕に抱えて岸へと泳ぐも、なかなか前へ進まない。少年とともに水の中へぶくぶくと沈んでいく男——今度こそほんとに危機一髪！

と、ふいに、少年を抱えた男の体が垂直になった。水は彼の腰のあたりまでしかない。

「あれ？」という顔でハタ少年も直立する。水から首が出ている。

……意外と、水深、浅かった？

顔面蒼白《そうはく》だったおじいちゃまと男たちが表情を一転し、水中のふたりを指さして爆笑しだしたところで映像はフェイドアウト。横を見ると、その寸劇から十数年を経て成人したハタくんが両手で頭を抱えこんでいた。

「笑いごとじゃないよ。怖かった。人生最大の恐怖だった。今でも夢に見るんだ」

そうなのだろう。ハンドルをにぎる彼の手はかたかたと小刻みに震えている。

「もしかして……ハタくんの心の澱って、これ？　子どものころに溺《おぼ》れたこと？」

「トラウマなんだよ。あれ以来、水が怖くて、入れない。結局、潜水艦にも一度も乗らずじまいだったしさ。っていうか、そもそもこの沼、潜水できるほど深くなかったし」

私はやっと腑《ふ》に落ちた。だからハタくんはスワンに乗るのをあれほど躊躇《ちゅうちょ》したんだ。恐れていたのは心の澱じゃなくて、水か。

「ほんと言うとさ、就職祝いをスワンボートにしたのは、小枝ちゃんと一緒にこれに乗って、水への恐怖を克服するためでもあったんだ。けど、いざこの沼を前にしたら、やっぱり……」

かすれ声で告白しながら、ハタくんは背中を震わせつづける。怖い。怖い。怖い。まるであの日の少年が乗り移ったかのように。

至極肉厚な彼の体がこんなに心細げに見えたのは初めてで、気がつくと私はその背を手でさすっていた。愛しさがふくらむ。これって母性本能？　この先、彼とすれちがうことがあっても、喧嘩《けんか》をしても、その金持ちっぷりが鼻についても、この瞬間を思い出すだけで、大丈夫、私は彼と生きられる。そんな気がした。

「あれ。なんか、急に、すっきりした」

ハタくんがふいに頭を起こし、ぽかんとした顔で言ったのは、かれこれ十分ほど震えつづけてからだろうか。

「怖さが減ってる」

「うん。だからね、心の澱はかきまぜたほうがいいみたい」

私は彼に微笑《ほほえ》み、プロポーズの返事をなんて言おうかと考えながら、雲の切れ間からのぞきはじめた太陽をあおいだ。

5

これからも、ときどき、ハタくんと一緒にあの沼へ行こう。おたがいの心の澱をかきまぜて、すっきりと前を向こう。まだ社会人になりたての私たちだから、実際問題、結婚はしばらく先の話になると思うけど、いつか子どもができたら家族みんなでスワンに乗れるといい。じきにハタくんも水に慣れて、恐怖心も薄れていくかもしれない。

そんな未来をぼんやりと描いていた私は、ある日、ハタくんから仰天の事実を告げられて、絶句した。

「おじいちゃまのあの別荘、じつは、来月にも売却が決まったんだ」

「えっ」

「相続税対策だって」

ってことは、もうあの沼へも行けなくなっちゃうってこと?

あっけない未来図の崩壊に私は唖然《あぜん》とした。と同時に、なんでハタくんはこのタイミングでこんな話を切りだしたのかと、彼のセンスを疑いもした。

だって、私たちはこのとき、私の実家の門前に停めた車の中にいた。将来の約束をしたことだし、ぜひ一度、君のお母さんにご挨拶《あいさつ》したい。デート中、突然そんなことを言いだしたハタくんが、渋る私を強引に説きふせて「これから交際相手を連れていく」と母に電話をかけさせ、こうして押しかけてきたのだ。

私の心の澱を構成する主成分である母。車を停めてしばらく彼が動かなかったのは、初の対面を前にして固くなっているせいかと思ったら、別荘のこととか考えていたわけ？

いぶかる私をよそに、彼は別荘の話は終了とばかりに車を降りて家のインターホンを押し、率先して玄関のドアをくぐっていく。

「どうも、いらっしゃい」

玄関で出迎えた母はしわひとつないブラウスとロングスカート姿で、どぎつくならない程度にきちんと化粧も施していた。家のどこにも埃《ほこり》がないのはいつものこと。今も昔も完璧主義者の母。よそゆきの笑顔をこしらえながらも、娘の彼氏を値踏みする眼光は鋭い。

「初めまして。娘がいつもお世話になっております」

「こちらこそ。幡山信太《しんた》と申します」

「さ、まずはどうぞ、上がってください」

スカートのすそを翻し、母が奥のリビングへ足を向ける。その背中に、玄関の土間に足を踏んばったまま、ハタくんが呼びかけた。

「お母さん、ボートはお好きですか」

「はい?」

ふりむいた母に彼は決然と言ってのけたのだった。

「ぜひ、お連れしたい湖があるんです」


湖というのは、考えるまでもなく、あの鄙《ひな》びた沼のことだろう。母の気を引くためにせよ、ずいぶんと大きく出たものだ。虚勢を張らないハタくんらしくない。っていうか、今日の彼はいつもとちがう。別荘へ行くなんて私も初耳だったし、突然の遠距離ドライブに母がぶうぶう言いだしたのも無理はない。

「ねえ、いったい、どこまで行くつもりよ。いつになったら湖に着くのよ。私、洗濯物を干しっぱなしで来ちゃったのに。それに、今日はこれから換気扇やエアコンのフィルターを洗う予定だったのよ。湖に行くなら行くで、二週間くらい前に言ってくれないと。

しかも、こんなに遠いだなんて、あなたひと言も言わなかったじゃない」

不興顔の母がどれだけ抗議の声をあげても、ハタくんは来た道を引き返そうとしない。

「すみません。来月にはもうボートに乗れなくなっちゃうので、なんとか、今のうちにと……」

たしかに、別荘が売却されたらもうスワンには乗れない。だからって、なんで慌てて母をあそこへ連れてかなきゃならないの？

そのわけを私が知ったのは、車がようやく山間の別荘に到着し、かんかん照りの太陽のもとへ降り立ってからだった。

「これが……湖？」

藪道の果てにどんよりした沼を見た母は、もはや怒る気力もなくした様子でその場にがくっとへたりこんだ。生まれたての子馬のようなその姿を横目に、そのとき、ハタくんが私の耳元でささやいたのだ。

「お母さんとふたりでスワンに乗っておいで」

「え。母と？　ふたりで？」

「お母さんにはお母さんの心の澱がある。それを知ったら、小枝ちゃんのお母さんへの思いも変わるかもしれないよ」

私と母の関係をいつも気づかってくれるハタくんの言葉に、ハッとした。母には母の瀫がある——そういえば、母は少女時代に祖父母から厳しい躾《しつけ》を受け、家庭のぬくもりからはほど遠い環境で育ったと父から聞いたことがある。お母さんは気の毒な人なんだよ、と。

それを知ったら、私は変われるのか。ハタくんのトラウマに触れたときみたいに、母を愛しく思えるのだろうか——。

「お母さん、さあ、ボートですよ」

腰が引けている私に代わって、ハタくんが母のうでを取り、沼のほとりへ連れていく。

「ボートって、まさか、この……?」

「小枝号です。ペダルを漕ぐのはお母さんの役目ですので、よろしくお願いします」

「な、なんで私が?」

「ささ、乗った、乗った。しっかり漕いでくださいね、お母さん」

「だから、なんで私が漕ぐのよっ」

ふたりのやりとりを聞いているうちに、かたくなっていた体から力が抜けてきた。意外と、このふたり、いいコンビかも。唇に小さな笑みが乗る。足がすっと前へ出る。

「お母さん、乗ろう」

驚きの目で母が私をふりかえる。

水面のスクリーンが反射する母の心の澱は、はたして私たち母娘に変化をもたらすのか。わからない。でも、これまで母娘ふたりしてあっぷあっぷしていた湿地帯に、ハタくんという第三者が加わっただけで、もうすでに何かが変わりはじめているような気もする。

「まったく、しようがないわねえ」

ついに母が根負けし、スワンボートのハンドルをにぎった。

「いい年をして、娘とボート遊びだなんて」

照れくさそうに吐きだすその頰《ほお》は赤く、私は貴重なはにかみ顔をもっとよく見ようと、母のとなりへ腰をすべらせた。

小枝号、出発。

ポコ

飼い犬のポコが死んだ。

だからもう、世界がどうなったってかまわない。


その朝も、朔《さく》の心は静まり返っていた。小四の彼はまだ「諦念《ていねん》」の一語を学んでいなかったが、言葉よりも先にその実感と出会うこともある。別になくてもいいんだと休校中に気づいた学校も、あるならあるで粛々と通う。「粛々」の一語も未習ながらも、彼はもうそれを知っていた。


「ついに死者が五十万を超えたか」

食卓で黙然とトーストを齧《かじ》る朔の向かいでは、両親が憂い顔をテレビへ向けていた。

「とくにアメリカがひどいな」

「だから、早いとこアベノマスクを送ってあげればよかったのよ、トランプ大統領に」

「かもなー」

気の抜けた会話を聞き流しながら、朔が考えていたのはポコのことだ。

ポコが死んだ四日前からずっと考え続けている。

ポコは雑種の中型犬だった。齢は十八。人間ならば百を過ぎるまで病気のひとつもしたことがなかったのに、六月の頭から急に食欲を失い、荒い呼吸をするようになった。

「肺全体に腫瘍《しゅよう》が広がっている可能性が高い」

そう獣医から告げられた両親は、ポコの年齢によるリスクを考え、手術は受けさせず家で看取《みと》ることにした。

それから三週間、ポコは何も食べずに水だけで生きた。日に日に痩《や》せ衰えながらも立って、歩いて、家族にしっぽを振り続けた。元の飼い主に捨てられてもへこたれなかっただけあって、ポコは強い犬だった。

しかし、最後の三日間は壮絶だった。急に苦しみだしたポコは幾度となく吐き、黒い便をし、遠吠《とおぼ》えみたいな大声をはりあげた。「がんばれ、がんばれ」と呼びかけていた父の声は、やがて「十分がんばったよ」に変わった。母の目からも涙が消えた。「悲しみの向こう側へ抜けた」らしかった。

そんな人間の感情とは無関係に、ポコは七転八倒しながらも最後の最後まで生きようとし続けた。感動的なほどの粘り強さでこの世にしがみついた。まだここにいたい。まだ。まだ。まだ。そう叫んでいた目を朔は決して忘れない。

「行ってらっしゃい。気をつけてね。寄り道しないで帰っておいで。本当に気をつけて」

支度を終えた朔を、今朝も母は鬼ヶ島にでも息子を送りだすような風情で玄関まで追ってきた。コロナそのものよりも、コロナでぎすぎすした人間社会への不安があるようだ。

けれど朔は恐れていなかった。ポコをあれほどどしがみつかせた何かが、きっと、この世界にはあるはずだ。

あのふんばりに値する何か。生きる真価のようなもの。

「真価」の意味もおぼろげながら、朔はそれを探す気だった。探して、きっと捕まえる。ポコみたいに強く。たとえ世界がどんなふうに変わっていこうとも。

「行ってきます」

勢いよく飛びだした少年の頭上には、厚い雲が延びる薄墨色の空が広がっていた。

あした天気に

それはパッとした予定の一つもない連休初日のことだった。

十月の夕暮れ空には薄い雲がたなびき、蛍光灯のワット数が低い1Kの部屋をいっそう翳《かげ》らせていた。

その暗がりで黙々と冷蔵庫の水漏れ修理をしていた技術者が、無表情だった目にふっと小さな光をひらめかせたのは、帰り際、空模様をうかがうように背後の窓を振りむいたときだった。

「明日……」

一瞬のためらいのあと、彼は言った。

「なんかあるんすか」

「なんか？」

素朴な疑問と好奇心、そしてある種の照れが同居した瞳が示すところを追いかけ、俺は「あ」と頬《ほお》をほてらせた。

ニトリの家具のみで構成された空間の窓辺で妙に浮いている白い影。のっぺりした丸顔に、ひらひらの下半身。あれは――。

「や……べつに、とくに何があるわけでもないっていうか、全然、なんもないんですけど」

社会人二年目のいい大人が願掛けグッズに祈りを捧《ささ》げている。客観的に見て痛い事実が俺を動揺させた。

「ただ、その、ほんの出来心っていうか、なんとなく懐かしくなったっていうか……」

「マジ懐かしいっす、てるてる坊主」

てるてる坊主、と声に出すのも恥ずかしそうに、技術者は俺から目を逸《そ》らした。

「つうか、実物見たの、初めてっす」

「え、そう?」

「はい、逆に新鮮っす。明日、晴れるといいっすね」

「や……」

「じゃ、失礼します」

プロの顔に戻った彼が立ち去ると、名状しがたい含羞《がんしゅう》が立ちこめる部屋には俺と〈奴《やつ》〉だけが残された。

「だから、そうじゃなくって……」

誰にともなくこぼした弁解は宙ぶらりんに途切れ、〈奴〉の背後に広がる薄紅の空に吸いこまれて消えた。

そうじゃないならなんなのか、本当のところ、俺自身もよくわかっていなかったのだった。


久しぶりに作ったてるてる坊主の出自は近所のドラッグストアだった。

その日の午前中、新装オープンに合わせて自転車を走らせ、特売の発泡酒やらサランラップやら詰め替え用のシャンプーやらをまとめ買いしたところ、「二千円以上お買い上げの方に」と景品を進呈された。帰宅後に見ると、それはガーゼ素材の白いハンカチだった。四隅の一角に店名のロゴが印刷されている。

テーブルに広げたその四角形をぼんやりながめているうちに、ガキのころ、こんな布でてるてる坊主を作ったっけなあ、と遠い記憶が脳裏をかすめ、無性に胸が苦しくなった。

てるてる坊主に苦い思い出があるわけじゃない。むしろ逆だ。遠足の前日、運動会の前日、友達と遊びにいく前日――「あした天気に」と願いをかけるとき、俺はいつだってときめきの絶頂にいた。なんたって、てるてる坊主を作るほど翌日が楽しみだったのだ。スペシャルな一日への期待に胸を沸かせ、時計の針を見上げては体をもぞもぞさせ、興奮しすぎて夜も眠れないほどだった。

早く、早く今日が終わって、あしたが始まりますように。

その空にはでっかい太陽が光っていますように。

――最近、あんなふうに朝を待ちわびたことってあったっけ？

ふと今の自分に立ち返ったとたん、心が暗雲に覆われた。

わくわくしながら眠りについた夜。少なくとも今の会社に入ってからはゼロだと断言できる。わくわくどころか、めぐり来る朝には常に緊張と憂鬱《ゆううつ》がつきまとう。現に、今日も俺は朝から明日の接待ゴルフを思ってはため息ばかりついている。

じゃあ、大学時代は？　必死に記憶をたどるも、残念ながら、やはりおぼえがない。サークルの合宿。合コン。デート。そこそこ浮いたイベントはあっても、常時どこか上の空だった俺はただ流れに身を任せていただけで、本気で浮き足立つほど何かを期待したためしはなかった。

となると、最後にあしたを待ちわびたのは高校時代ってことになる。部活と恋と友情と、シンプルな要素のみで完結しながらも毎日が十分に照り輝いていた三年間。いや、正確には二年と九ヶ月か……。

そこまで考え、たまらず胸が苦しくなった。

眼下の布に意識を戻し、無心に両手を動かしはじめたのは、強引にでも過去の残光から自分を引き戻したかったためかもしれない。

ティッシュを丸めて頭に詰めた。梱包《こんぽう》用のビニール紐《ひも》で首を縛った。なんとも素朴なてるてる坊主のできあがり。油性ペンでチョンチョンと目を入れ、横一文字の口を添えると、不細工なりにそれなりの愛嬌《あいきょう》が灯《とも》った。そこで、ついその気になって窓辺に吊《つる》してみたのだった。

まさか、人目に触れてしまうとは。

痛恨のミスのあと、俺は〈奴〉を撤去しようとカーテンレールへ手をのばし、その指先をしばし宙に泳がせた。いざ間近で向かい合ってみると、まがりなりにも顔のあるそれは早くもこの部屋に溶けこみ、顔のあるものにしか出せない微熱を静かに放っている気がした。久方ぶりに俺を訪ねてきた客人が、一夜くらいは泊めておくれよと無言で訴えているような。無論、そんなことを考えたのは、この日の俺が常軌を逸して感傷的になっていたせいにちがいないけれど。

結局、〈奴〉を窓辺に残したまま、その夜は翌日のゴルフに備えて早寝をした。

「スコア一五〇の分際で接待ゴルフなんて、晴れようが降ろうが、どうせまたさんざんだろうけど……」

眠りにつく直前、郷愁に似た切なさを胸に、〈奴〉を見上げてつぶやいた。

「でも、もしもこの世界のどこかにあしたの青空を願ってる子どもがいるとしたら、その子のためにも、あした、晴れますように」

その夜はシュールな夢を見た。


見渡すかぎり一面の白雲の上で、数百数千のてるてる坊主が俺をぐるりと取り巻いている。サイズも素材もさまざまな〈奴ら〉の大群。白一色のその中で、唯一、俺の目の前にいる一体だけが赤いマントを羽織り、頭に冠を載せている。

「テル、テルテルテル、テル、テル」

赤マントが俺に言う。音としては「テル」しか聞こえない。にもかかわらず、不思議と俺にはその意味がわかる。

「ようこそ、テルテル王国へ」

赤マントはそう言っているのだった。

「私は国王のテルテル一〇三世です。このたびははるばる雲の上までご足労いただき、誠にありがとうございます。じつは、あなたに折り入ってお話ししたいことがあるのです」

「なるほど。どのようなお話でしょう」

俺は夢ならではの柔軟性で調子を合わせた。

と、たちまち一〇三世が声を曇らせ、

「本題に入る前に、まずは我がテルテル王国の危機的状況について、少しばかりお話ししてもよろしいでしょうか」

「はあ。危機的状況、とは?」

「ひとことで申せば、需要の激減です」

「需要……」

「科学技術の発展が人間社会に劇的な変化をもたらしているのはご存じですね。今や猫も杓子《しゃくし》もテクノロジーの時代です。AIを駆使した予測精度の進化によって、天気予報も年々的中率を高めています。その煽《あお》りを受けて、我々テルテル王国は冬の時代を迎えているのです。さむざむ、さむざむとした冬を」

その沈痛な声を皮切りに、雲上の〈奴ら〉が一斉にテルテルと愚痴を吐きはじめた。

「時代だ。我々の天下は終わったんだ」

「まじないは死んだ。あしたの天気なんか、今じゃ誰でも知っている」

「天気アプリが教えてくれる。あしたどころか一週間後の天気だって」

「それが、これまたよく当たる」

「わかりきってる天気のことで、今さら誰がてるてる坊主に祈る？」

「ちびっこですら、もはや真面目にてるてる坊主なんか作らない」

「作るどころか忘れてる」

「昔はあんなに頼ってくれたのに」

「運動会シーズンの需要は絶大だったのに」

「このむなしさをわかちあえるのは天気占いの下駄《げた》くらいだ。さむざむ」

「さむざむ」

「さむざむ」

鳴りやまぬ「さむざむ」の連呼を、一〇三世が「まあ、まあ」と鎮め、俺に向き直った。

「ご理解いただけましたでしょうか。これが我がテルテル王国の現状です。科学が神格化した今、人間たちは誰しもあしたの天気に自信を持っています。天気は、もはや彼らにとって確かなものなのです。そこに人智の及ばない不確かさがあればこそ、かつて彼らはてるてる坊主に祈りを捧げてくれたのに」

王国の受難を切々と訴える一〇三世の心情を、はたして俺にどこまで理解できたかは心許《こころもと》ない。二十一世紀に生きる人間にとって、てるてる坊主の立場に身を置くのは容易なことではない。とはいえ、彼らがいたくさむざむとしている、という一点のみはひしと伝わってくるものがあり、なりゆき上、俺は優しい言葉の一つもかけたくなった。

「ご心痛はお察しします。しかし、そうは言っても皆が皆、てるてる坊主を忘れちゃったわけじゃないと思いますよ。現に昨日、僕は久しぶりにてるてる坊主を作りました」

すると、一〇三世の声が一気に晴れわたり、

「ええ、ええ、それぞあなたをお招きした理由であります」

「はい?」

「我々の感謝を伝えたかったのです。あなたのようないい年をした大人が、忘却の彼方《かなた》から我々を掬《すく》いあげ、新しい仲間を生みだしてくれた。その上、現代人らしからぬ真摯《しんし》さで、ご自身ではなく見知らぬ子どものために祈りを捧げてくれた。なんたる感動よ!」

涙をぬぐって一〇三世は言った。

「あなたの非科学的にしてピュアな精神は我々に大いなる希望を与え、寒空にはればばれとした虹《にじ》をかけてくれました」

軽くディスられている気がしてならない俺の耳に、テルテル一同の割れんばかりの唱

和が響いた。

「はればれ！」

「はればれ！」

「はればれ！」

さほどはればれしていない俺の気も知らず、続けて一〇三世は言ったのだった。

「つきましては、ぜひとも、あなたにお礼がしたいのです」

「お礼？」

「三つの願いを叶《かな》えてさしあげます」

そう来たか、と俺は思った。はたしてこの夢はどこへ行きつくのかと不安になりかけていたのだが、どうやら、お伽噺《とぎばなし》的な展開を迎えるらしい。

「ただし」と、一〇三世は先手を打つように言い足した。「お受けできるのは天気に関する願い事のみです。我々はあくまでもてるてる坊主であって、魔法使いではありませんから」

「はあ。天気に関する願い事……」

と言われても、およそ天気に関して人が願うのは「あした天気になりますように」くらいではないか。

ぶっちゃけ、俺はあした天気にならなくたっていい。太陽が俺のゴルフ技術まで輝かせてくれるわけでもない。むしろどしゃぶりの雨でも降ってくれたら……。

「あ」

ひらめいた。

「じゃ、あした、ゴルフが中止になるくらいの大雨にしてもらえませんか」

「お安い御用です。お望みの地域は？」

「千葉の木更津《きさらづ》です」

「では念のため、関東全域をカバーしておきましょう。ああ、ひさびさに腕が鳴ります」

一〇三世は意気高らかに赤マントをハタハタさせて言った。

「残る二つの願い事は、どうかゆっくりお考えください。急ぐ必要はありません。あなた専門の担当をつけますので、決まった時点でお申しつけいただければと」

「担当？」

「もうじき夜が明けます。我々は行かねばなりません。お会いできて嬉しゅうございました」

別れはあっさりしていた。一〇三世が足下の雲にぽこんと沈むと、その他大勢もそれに続いてぽこぽこ消えていった。

なんだ、この夢。

首をかしげたつぎの瞬間、鼓膜が裂けるような轟《ごう》音が耳をつんざいた。


目覚めると、大嵐だった。ごろんごろん鳴りわたる雷と、窓を揺さぶる滝のような雨と、吹き荒れる風と——妙な偶然もあるものだ。

珍奇な夢を引きずりながら枕もとのスマホを見ると、午前四時半。一時間後には同僚の車が迎えにくる。が、このぶんだと本当にゴルフが中止になる可能性も高い。

淡い期待を胸にのろのろ支度をしているうちに、スマホがラインの着信を告げた。ゴルフ中止の知らせだ。ヒャッホー！

予知夢かよ、とニヤつきながら俺は再びベッドに体を横たえた。

つぎに目覚めたのは午前九時。すでに風雨の音はなく、朝の日射しが紺のカーテンをコバルト色に光らせていた。どうやら通り雨ならぬ通り嵐のようなものだったらしい。

「なにはともあれ、空に感謝だ」

一人暮らしの習性でつい声に出した、そのときだった。頭上からテルテルと聞きおぼえのある音がして、その言わんとするところが脳内に流れこんできた。

「恩に着せるつもりはありませんけど、テルテル一〇三世にもほんのちょっとだけ感謝してあげてください」

耳を――いや、頭を疑った。

そんな。まさか。いや、しかし……。

暴れる心臓に手を当て、恐るおそるテルテルの音源へ視線を這《は》わせていく。確認するまでもなく、そこにいるのは〈奴〉だった。

「おはようございます。今日からあなたの担当をさせていただくことになりました。名もない一介のてるてる坊主ですが、どうぞよろしくお願いします」

俺の手で雑に書かれた目や口は動かない。が、たしかに〈奴〉はテルテルと音を発し、なぜか俺にはその意味するところがわかってしまう。夢なのか。これはさっきの続編か。

「残る二つの願いが決まり次第、なんなりとお申しつけくださいね。天気のことならなんだって、どーんとお任せください」

俺は右の頬をつねり、続いてごしごし目をこすり、さらに両手で両頬をぴしゃぴしゃと連打した。何をしても目覚めない。

「夢じゃありません。現実です」

〈奴〉の声がにわかに固くなる。

「ご心境はお察ししますが、どうか人間界の常識に囚《とら》われず、このなりゆきを柔軟に受けいれてください。私を作ったのはほかならないあなたご自身なのですから」

「って言われても……」

かすれ声が虚空をさまよい、尻《しり》すぼみに消えた。

てるてる坊主と話してる俺？

ダメだ。受けいれられない。

「悪い。ちょっと、頭の整理をさせてくれ」

いたたまれずに〈奴〉から離れた俺は、まず台所でごくごく水を飲み、ユニットバスにいつもより熱めの湯を張って、時間をかけて入浴した。それから髪を乾かし、入念に鬚《ひげ》を剃《そ》り、洗濯機をまわしているあいだに朝食のトーストを胃に収めた。食後はトイレの便器を磨き、フロアの隅々まで掃除機をかけ、洗いあがった服とタオルを室内に干した。

そこでようやく腹を括《くく》り、再び〈奴〉と向き合った。

「……まだ、しゃべる？」

「しゃべります」

「マジか。やっぱり現実か……」

大量の吐息とともに天を仰ぐ。

「やっと認めていただけて嬉しいです。ずいぶん長いこと頭の整理をされていたようですが、二つ目の願い事は決まりましたか」

「そんなことを考えてたんじゃないよ」

脱力に抗《あらが》い、俺は家事に専心することで平常心を保ちながら考えていたことを告げた。

「ちょっとね、実家へ帰ろうと思うんだ。ぶらっと、これから」

「今日これから？　それはまた急な話ですね」

「まあね。もしかしたら昨日、君を作りながら昔のこととか思い出したせいで、なんとなく里心がついたのかもしれないな。せっかくゴルフもなくなったことだし。天気もいいし、あしたまで会社も休みだし……」

「さむざむ」

「え」

「建前は結構ですから、本音を言ってもらえませんか。本当は私から離れたいのでしょう」

「ええっ」

「こんな狭い部屋で、テルテルしゃべりかけてくるてるてる坊主と顔を突きあわせているなんて、不気味で、息苦しくて、耐えられないのでしょう」

「い、いや、そんな……」

「いいですよ。実家へ帰られるなら、どうぞ。私に止める権利はありません」

図星をつかれてあわあわする俺に、「ただし」と〈奴〉は声を凄《すご》ませた。

「私も同行させてください」

「へ」

「私も実家へ連れていってください」

「なんで」

「なんでもなにも、担当ですから。あなたが望むと望まざるとにかかわらず、私には行動をともにする責任があるのです。もしも私から離れているあいだ、あなたが二つ目の願い事を思いついたらどうするんですか」

「帰ってきてから頼むよ」

「それでは遅い。雲は刻一刻と移ろっているのです。虹は現れたときには消えはじめているのです」

意味不明ながらも〈奴〉がひどく意固地になっているのはわかる。逃げれば追う、の法則はてるてる坊主にも当てはまるのか。あるいは、単に一人で留守番するのがさびしいだけなのか。

カーテンレールから所在なげに垂れている〈奴〉の不揃《ふぞろ》いな両目をながめ、俺はしぶしぶ降参した。

「わかったよ。けど、一つ約束してくれ。絶対、人前でテルテル言わないこと」

「えっ、連れていってくれるんですか。なんか強引に押しかけちゃうみたいで悪いなあ。はればれ」

そんなわけで、三連休の二日目、俺は手製のてるてる坊主をリュックに忍ばせて実家をめざす羽目になった。


めざすといっても、東京と隣り合わせた神奈川県の中央林間だから、今いるコーポから電車で二時間とかからない。その気になればいつだって帰れる距離である。が、バイトで貯めた金で一人暮らしを始めた大学二年の秋以降、俺が実際その気になったのは年に一度の正月だけだった。そもそも、限りなく千葉に近い江戸川の手前に部屋を借りたのも、生まれ育った土地からできるだけ遠ざかりたいという願望の表れだったかもしれない。

「今日、そっちに帰ることにしたから」

出発前に電話を入れると、母は「あら」とへんな声を出した。

「珍しいじゃない。どうしたの」

「いや、べつに。連休だし、ちょっとその気になっただけ」

「まさか彼女を連れてくるとか？」

「そんなんじゃないよ。連れは……」

いるにはいるけどてるてる坊主なんだ、とは言えなかった。

「俺、一人だから。じゃ、あとで」

母との通話を終えた俺は、さらにもう一本、ある人に電話をしてみようかとふと思いたち、そこから迷いの沼にはまった。年賀状に記された電話番号を前に、優に三十分は「する」と「しない」のあわいを行き来していたと思う。

最終的には「する」を選んだ。背中を押したのは〈奴〉の存在だ。

てるてる坊主が語りかけてくるこの世界だ。三つの願いまで叶えてくれるこの現実だ。こうなりゃ、なんだってアリなんじゃないか。高校卒業以来、一度も会っていない相手と再会することだって、俺が思っていたほど難しくないんじゃないか。

そうして自分を焚《た》きつけ、勢いまかせに番号を押したのだった。

「もしもし、小春《こはる》？　ん、俺、一平《いっぺい》。すげー久しぶり。あのさ、今日、これからそっちに帰ることになったんだけど、どっかで時間作れる？　よかったらお茶でも……あ」

できるだけ軽く、なんでもない風に。さりげなさを装うのに気を取られ、大事なことを忘れていた。

「ごめん。こんな突然、無理だよな」

家庭のある主婦を連休中に呼びだすなんてどうかしている。自分の非常識さにうろたえる俺に、しかし、小春はからりと言った。

「いいよ、お茶しよう。うちの人、休日とか関係ないから、今日も仕事に出てるし。私も一平に会いたい」

「え、いいの？」

「午後に一つ用事があるから、三時すぎでもいいかな。あと、子どもも一緒でいい？」

一瞬、言葉につまった。直後、その躊躇《ちゅうちょ》を埋めあわせるように、ことさら声を高くした。

「もちろん。俺も会いたいよ、小春の子」

男の子を産んだことは年賀状で知っていた。一体どんな子だろう。小春と似ているのか、それとも旦那《だんな》のほうか。

寄り添う母子を想像したとたん、妻となり母となった小春と対面する、という実感がぐんと押しよせ、俺の足は正直に少し重くなった。

恥を忍んで告白すると、高校時代、俺は一度だけてるてる坊主を作ったことがある。ハンカチで本気のやつを作るのは痛すぎるから、ティッシュとセロテープでなんちゃって版を作り、勉強机の下にこっそりと吊した。

「あしたは絶対、晴れてくれ」

あれは高二の初夏だった。その翌日、俺はいつもの三人で出かける約束をしていた。小春と俺、そして阿良太《あらた》。この面子《メンツ》との予定はいつだって無条件に楽しみだったけど、俺が願までかけたのは、それが気象条件にひどく左右される遠出だったからだ。

顧問の都合で部活がなくなった日曜日、せっかくだからどこか行こうと数日前から盛りあがり、たしか小春の行きたい雑貨屋があるとかで目的地は原宿《はらじゆく》となった。そこまではさくさく決まった。が、最後の最後に阿良太が突飛なことを言いだしたのだった。

「普通に電車で行くより、チャリ飛ばしてったほうが面白いって、断然」

一風変わったことの好きな阿良太は言いだしたら引かない頑固者でもあり、大抵、最後は小春と俺が根負けして終わる。そのときもそうだった。自転車で原宿までどのくらいかかるのか知らないが、たぶん二時間程度だろう。部活の課外編と思えばがんばれない距離でもなさそうだ、と。

ただし、途中で雨に打たれ、小春がずぶ濡《ぬ》れになるような事態は避けたい。

そんな思いで作ったてるてる坊主のおかげかどうかはさておき、当日はぴかぴかの自転車日和《びより》となった。

すかんと晴れた空の下、午前十時に俺たちは集合し、縦一列で原宿をめざした。阿良太が先頭、真ん中に小春を挟んで、俺はあとから二人の背中を追った。お決まりの通学路から外れて東京をめざすのは初めてで、序盤はおのずと慎重になった。信号の青を待つあいだ、しょっちゅう地図アプリで現在地を確認しては、ああだこうだと進路をめぐってもめた。選んだ道がハズレだったとわかるたびにギャーギャー文句を言い合った。「すべての道は原宿に通ずる」的な余裕が芽生えたのは、いくつもの町を越え、県境を突破したあたりからだ。体が疲れてくるほどに、俺たちはどんどんハイになった。キツい坂ではファイッ、オー、ファイッ、オー、と部活のノリで声を合わせた。はしゃぎすぎて腹が減り、原宿でクレープを食べる計画だったにもかかわらず、どこにでもあるハンバーガーの誘惑に負けてしまった。

たいしたことは起こらなかった。

泣きたくなるほど平凡だった。

なのに楽しくてたまらなかった。

くるくる景色が入れ替わるあの鮮やかな道中に比べれば、到着した原宿そのものの記憶は淡い。うごめく人の山に圧倒された俺たちは、自転車をどこに停めるかという問題で初っぱなからつまずき、結局、ほとんど何もせずに引き返したのではなかったか。

帰り道は三人とも無口で、ペダルの回転にも覇気がなかった。足はパンパン、尻もしびれていたものの、弱音を吐いたら負けだと互いに意地を張り合った。あのひりつく沈黙すらが今では猛烈に懐かしい。

くたびれはててスタート地点へ戻ったあとの固い握手。

あの力が、熱が、途方もなく恋しい。


高齢化の波は着実に地元へも寄せているらしく、相模大野《さがみおおの》駅から徒歩二分の通りにあるファミレスの店内は、以前よりも数段落ちついた年齢層の客で賑《にぎ》わっていた。約束の十分前に着き、案内された隅のテーブルで二人を待っているあいだも、俺はまだこの生々しい現実の下に小春が現れるという実感に乏しかった。

思えば奇妙な一日になったものだ。本来ならば冷や汗まみれでゴルフ場を駆けずりまわっていたはずが、ひょんなことから実家へ帰ることになり、その流れで小春との再会が決まった。それもこれもリュックの中で息をひそめている〈奴〉から始まったことを思うと、にわかに目の前の光景が揺らぎ、似て非なる並行世界を浮遊しているような気分になる。

八年ぶりに小春と対面したとき、恐れていたほどの緊張や感傷に襲われなかったのも、そんなテルテル効果によるものかもしれない。

「一平！」

「小春……」

男児の手を引いた小春が視界に入った瞬間、俺を襲ったのはむしろ違和感だった。黒目の大きな小動物っぽい顔そのものはさほど変わっていない。が、何かが違う。

短かった髪がセミロングのボブに変わった。筋肉質の体型は女性らしい丸みを帯びていた。その体を包んでいるのも紺のジャージではなく品のいいグレーのワンピースだ。が、違和の源はそこではなく……。

「小春、変わらないけど変わったね」

「どっちよ」

テーブルを挟んだひさびさの笑顔を見て、そうだ、化粧だと気がついた。ファンデーション、アイメイク、マスカラ。大人の女性には当然のたしなみなのだろうが、高校時代はむきだしだった美しい原型に、わざわざいろいろなものを塗りつけて光をぼかしてしまったような。

一抹のさびしさを胸に、俺は連れの子どもへ視線を移した。

「こんにちは」

眠たげな様子の男児は上目遣いに俺をながめ、「こんにちは」とぎこちなく返した。

「光樹《こうき》くん、だよね。いくつ？」

「みっつ」

「今日は悪かったね、急にお母さん呼びだしちゃって」

何を言っても光樹の表情はほぐれない。顔立ちそのものは父親似と思われるが、慎重に人の感情を慮《おもんぱか》るような目つきや、どこか腹が据わったような風情は小春と似ているかもしれない。

「ごめんね、リアクションが地味で」

弾まない会話をフォローするように小春が割って入った。

「場所や人に慣れるのに時間がかかる子なの。つまらなそうにしてても、結構この子なりに楽しんでるから、気にしないで」

「そっか。じゃ、せめて好きなもの食べてよ。パフェでもなんでも……」

「プリン」

大人二人はドリンクバーを注文し、互いのミルクティーとコーヒーを取ってきたあと、俺と小春はしばし気詰まりな時間を迎えた。何から話せばいいのか。何を話さずにおくべきなのか。互いに探り合うような視線が交わっては遠ざかる。落ちつきのない瞳を窓の外へ据えると、霞《かすみ》がかった空の下、緑から黄色へ衣替えをはじめた銀杏《いちょう》が風に震えていた。

「でも、どうしたの、急に」

ホイップクリームで粧《よそお》われたプリンが運ばれてきた後、ついに、小春が切りこんだ。

「何かあったとか?」

「いや、そうじゃなくて」

特段これといった用があったわけではないと、俺はしどろもどろに説明した。

「ただ、正月以外で実家に帰るのって初めてで、せっかくだから小春にも声かけてみようかなって……ごめん、ほんと突然で」

「ううん。嬉しかったよ、電話くれて。私も、ずっと一平のこと気になってたから」

「俺も。これまでも、何回も連絡しようかなって思うとこまではいったんだけど」

「うん。私も」

「たぶん、勢いが足りなかった」

「勢いか。私には何が足りなかったのかな。勇気かな」

勇気。俺には言えなかった言葉をストレートに口にし、小春が顔をうつむけた。

「でも、ほんとにずっと思ってたよ。いつか、こんなふうに一平と、普通にお茶できるようになればいいなって」

普通にお茶。そのひと言がすとんと胸に落ち、俺たちが踏みだすべき道を照らした。そう、今の俺たちにふさわしいのは普通の茶飲み友達的な会話だ。勢いに乗ったし、勇気も出したけど、まだ改まった話をする覚悟はない。

「そうだな。普通にお茶、できてよかった」

路線がクリアになったところで少し空気がゆるんだ。俺たちは交互にぽつぽつと互いの来《こ》し方を語り、八年間の空白をまだらに埋め合った。

否、まだらに埋まっていたそれを確認し合った、というべきかもしれない。毎年の年賀状で俺は彼女に関する大体のところ（勤務先だった病院の医者と三年前に結婚、今は相模大野駅前の豪華マンションに住んでいる）を把握していたし、小春にも自分の大体のところ（一年浪人して大学に入り、再び一年就職浪人して調理器具メーカーに入社）は知らせていたのだから。

　とはいえ、言うまでもなく、年賀状のひと言コメントなどは人生における氷山の一角にすぎない。本人の口から語られる話にはやはり思いもよらないストーリーが潜んでいる。

　それを実感したのは、触れないのも不自然な小春の結婚について俺が軽口を叩《たた》いたときだった。

「けど、さすが小春だよな。医者と結婚か。すごいじゃん」

　嫌みのつもりはなかった。心からすごいと思っていた。結婚どころか交際相手と長続きしたためしもなく、会社では営業ノルマを果たせずにどやされ、罰のようにクレーム担当をさせられている我が身のふがいなさも、極力、押し隠したつもりだった。

　にもかかわらず、俺のひと言に小春はたちまち瞳を強《こわ》ばらせた。

「さすが一平。玉の輿《こし》って言葉を使わないでくれてありがとう」

　そう苦笑した顔には笑みが引いてもなお、刻みこまれたような苦みが残っている。

「ほんと言うと、できちゃった婚なの。人生、わかんないよね。自分でもまさかこんなに早く結婚してママになるなんて思わなかった」

　俺は耳を疑った。

「え、計画通りじゃなかったの」

「計画？」

「あ……いや、だって、高校の頃の夢」

私の夢はママになること。ＩＴ長者になるだの七つの海を股にかけるだのと皆が天を仰いでいた高校時代、小春はまっすぐ前を見据えてそう語っていた。できれば子だくさんの肝っ玉母さんになりたい、と。だから小春が二十代前半で子どもを産んだと知ったとき、俺はハンパない喪失感に打ちのめされる半面、その有言実行ぶりに感心したのだった。

「もちろん、ママになれたのは嬉しいよ。一ミリも後悔してない」

とりなすように小春が声を力ませ、「ただ……」と再び語尾を落とした。

「看護師の仕事もやり甲斐《がい》あったから、もっと続けたかったなって」

「ああ、そういうことか。両立は難しいの？」

「ん、看護師は夜勤があるから無理だって、主人がね。彼も不規則な仕事だし、私には母親業に専念してもらいたいみたい」

「そっか。じゃ、いっそ本当に子だくさんの肝っ玉母さんをめざすとか？」

「めざせるものならめざしたかったけど……」

小春の長いまつげが震えた。

「それも難しそう」

どういう意味だろう。二子目を授かるのに苦労しているってこと？　まだ悲観する年でもないだろうに。

忙しく考えをめぐらせる俺に、

「一平だから言っちゃおうかな」

小春が何かを吹っきったようにつぶやき、すっと額を寄せてきた。鼻孔《びこう》をくすぐる大人の女の匂い。さらに俺をどきっとさせたのは、小春のつぎなる一語だった。

「うちの主人ね、子だくさんだったの」

「は？」

「前の奥さんとのあいだに三人も子どもがいたの。私、そのこと知らないままつきあってて、光樹を身ごもってから言われたんだ。養育費も楽じゃないから、子作りは光樹で打ち止めにしたいって」

「打ち止めって、そんな……」

あんまりな話に戦慄《せんりつ》した。

前妻とのあいだに三人の子。その男はそんな重大事も告げずに小春と子どもを作ったのか。いや、うっかりできてしまったのか。いくらなんでもうっかりしすぎているのではないか。

数十秒間にわたる空中遊泳の末、俺はようやく視線を小春に戻した。

「小春、それでもそいつと結婚したの？」

「ん。すごく悩んだけど、どうしても光樹を産みたかったたし。産むなら産むで、私の一存で父親を取りあげるようなこともしちゃいけない気がして……」

母性あふれるその声に、妻としての幸福感は滲《にじ》んでいない。

「いいのか、それで」

重ねて尋ねると、短い間のあと、小春は横にいる光樹の頭をなでた。

「この子がいればいい」

光樹に、そして自分に言ってきかせるような声だった。

さっきから木製の迷路パズルのようなもので一人遊びをしている光樹は、出口の探索に没頭し、チラともこちらを見ようとしない。が、それでも子どもの前でこれ以上の深掘りはためらわれ、

「そっか……」

呆《ほう》けたつぶやきを最後に俺は黙るしかなかった。

小春が話題を変えて幼稚園のことなどを語りはじめても、しかし、そうやすやすと切

り替えはきかず、俺の頭は依然として衝撃の告白に囚われつづけていた。

俺と同様、小春も過去の影を背負って今を生きている。そんなことは百も承知だった。

が、それとはべつによもやの現実問題を抱えていたなんて。

お腹の子の父親はすでに誰かの父親だった。それを知らされた瞬間、いったいどんな思いがしただろう。光樹以外の子は望めず、看護師への復帰も叶わない。この現状と彼女はどう折り合いをつけているのだろう。

渦巻く疑問符が透けて見えたのか、平静を装っていた小春も次第に黙りがちになり、まるで動画を巻きもどしたように、気まずい静けさが再び俺たちを呑《の》みこんだ。そして、結局そこから抜けだせないまま、窓から見える歩道に街灯の橙《だいだい》が広がったころ、小春が「そろそろ」と腕時計に目をやった。

「買い物して帰らなきゃ。七時に主人がいったん帰ってくるの、夕ごはん食べに」

「あ。じゃ、急がないとな」

どこかでホッとしながら俺は伝票を手に取り、うつらうつらしている光樹の顔をのぞいた。

「退屈させてごめんな」

と、しぼんでいた瞳がはたと広がり、となりの母親を仰ぎ見た。

「帰るの？」

「うん。お兄さんにさようならって」

「さよなら」

「一平、これから実家？」

「ああ。一泊して、あした帰るつもり」

「あした……」

そのとき、かぶせるように光樹が言った。

「運動会だよ。みその幼稚園の」

「へえ。あ、そういえば、スポーツの日か。運動会、楽しみ？」

自分から振っておきながら、俺の問いには答えようとせず、光樹はだらっと小春に体をもたせかけた。

「楽しみだよね、光樹」

代わりに小春が光樹の口をナプキンで拭《ふ》きながら言った。

「これでもこの子、地味に燃えてるの。生まれて初めての運動会だから、めちゃくちゃテンション上がってるんだよね」

「テンション？」

「地味にね」

俺は感情に乏しい男児の顔に目をこらし、「やっぱ母親ってすごいな」と唸《うな》った。

会計をすまして外へ出ると、薄闇に巻かれた空には蝶《ちょう》の羽みたいに儚《はかな》げな月のかけらがあった。光樹の手を引いてコリドー街へ向かう直前、小春は吸いこまれるようにその影を仰ぎ、「ね、一平」とささやいた。最後の最後、どうしても言わずにはいられなかったというふうに。

「私、ときどき、どうしても考えちゃうんだ。阿良太が生きてたら、自分の人生、ぜんぜん違ってたんじゃないかって。一平もそんなこと考えることある？」

喉《のど》に何かが詰まった気がして、それをごくっと呑みこんでから、俺は低くつぶやいた。

「ときどき、あるかな」

年がら年中考えているとは言えなかった。


やっぱり会わないほうがよかったのかもしれない。

実家へ帰ってからも俺の頭は小春一色で、父や母、四つ上の姉と座卓を囲んでいるあいだも完全に心ここにあらずだった。父が帯状疱疹《たいじょうほうしん》の話を長々していたこと、母がシゲタさんの話を長々していたこと、姉が「自分がいかに帯状疱疹とシゲタさんの話ばかり毎日聞かされているか」という話を長々していたことはおぼえているものの、その中身はすっぽり抜けている（シゲタさんって誰だ？）。母が奮発してくれた分厚いステーキもほとんど味がしなかった。ついには「珍しく顔を見せたと思ったら、ぼけっとして」だの「あいかわらず覇気がない」だのと皆から口々に責められ、逃げるように風呂場へ駆けこんだ。

本日二度目の入浴。

水色のタイルを貼りめぐらせた浴室は、子どものころから俺がもっとも心安らぐ空間だった。家族を感じながらも一人になれる場所。それは今も変わらない。深めの湯槽《ゆぶね》に首まで沈め、居間から膜越しに響いてくるような人声を感じていると、なにものにも揺るがない日常に守られている安堵《あんど》感が胸を満たしていく。

そう、実家の良さはつまるところ、家族の個々というよりも、全体としての包容力にある。いつ来ても変わらない不動の集合体。皆の話は長いわりにオチがなく、テレビの画面に映っているのはだいたい芸人か動物で、トイレの芳香剤はフローラル、冷蔵庫には籠城《ろうじょう》でもするのかってくらいの食べものが詰めこまれており、もちろん、そこには謎のてるてる坊主など存在しない。

小春ショックが少しずつ引いていくにつれ、しばし意識から追いやっていた〈奴〉が再び頭をもたげてきた。生活臭にまみれた実家の湯槽という環境において、その影はひどくおぼろで、疑わしい。

そうだ。現実的に現実と向き合えば、てるてる坊主がしゃべったり、三つの願いを叶えたりするわけがないのだ。花瓶の花が歌わないのと同じくらい、熊の置物が食卓の塩鮭《じゃけ》を襲わないのと同じくらい、それは断固としてありえない。

しかし、じゃあ、あれはいったい何だったのか……錯覚？　幻覚？

恐らくそうなのだろう。あれは俺の心が生んだたまゆらのイリュージョンだったにちがいない。接待ゴルフがつらいから。営業ノルマがきついから。上司が怖いから。イカれたクレーマーが多すぎるから。何ひとついいことのない毎日の集積が精神を締めつけて突発的な白昼夢を生んだ。

「よし」

我に返っている今のうちに、あんな胡乱《うろん》なブツは始末してしまおう。風呂から上がった俺は勢いこんで自分の部屋にあるリュックをめざしていこうとした。

その足を、台所から顔をのぞかせた母の声が止めた。

「一平」

「ん？」

「あなた、毎日ちゃんと食べてるの？」

「んー」

「あんまり顔色よくないよ。会社ではうまくやってるの？」

「んんん」

「何かあったら我慢しないでいつでも帰ってらっしゃい。部屋もあのままだし」

「ん」

「ま、無理はしなくていいけどね。この町がまだしんどいなら」

なにげないひと言。しかし、その声にはこの八年間、母が含ませつづけた遠慮と気遣いが染みこんでいる。

「あのさ。俺、今日……」

迷った末、俺が小春との再会を打ちあけたのは、それが母を喜ばせそうな気がしたからだ。

「え、ほんと？　やだ、懐かしいわあ、小春ちゃん。元気にしてた？」

案の定、母の顔からこわばりが解け、みるみる喜色が広がった。

「元気だったよ。三歳の子も一緒だった」

「そう。お母さんなのよねえ。よかった、幸せにしてるのね」

わけのわからない亭主の話はする気になれず、俺は調子を合わせておいた。

「あした、幼稚園の運動会なんだって。子どもが地味に燃えてたよ」

「あー」

母の笑顔が崩れた。

「残念」

「え」

「あした、雨が降るって……」

俺は反射的に台所の窓を仰ぎ、月を失った空の暗さにハッとした。


自室の勉強机に載せたスマホをにらみ、俺は何度目かのため息を放つ。

天気アプリの告げる明日の空模様は雨。朝から晩まで雨、雨、雨。

このアプリを天敵とする〈奴〉の実在を、俺はついさっき疑い、否定したばかりだ。

が、しかし……。

十数回目のため息のあと、シメの深呼吸で自分を落ちつかせ、ようやく床のリュックを取りあげた。

思いきって中をのぞく。

これがコントなら椅子から転げおちていたはずだ。

この家に充満する盤石の「日常」などものともせずに、たちまち〈奴〉がテルテルとしゃべりだしたのだ。

「ああ、よかった。もしかしたら私、忘れられちゃったんじゃないかと思って、さむざむしてたところです。人間がいかに忘れっぽくて新しもの好きか、我々てるてる坊主は骨身にしみてますからね。もうちょっとで私の涙雨がこの鞄《かばん》を濡らすところでしたよ。危ない、危ない」

日常の完敗だ。

非現実の圧勝だ。

ならば仕方ない。潔く白旗を揚げた俺は〈奴〉を取りだして机上に横たえた。

「決まったよ、二つ目の願い事。あした、天気にしてほしい」

こんな台詞《せりふ》を家族に聞かれたら正気を疑われることだろうが、幸いにして両親の寝室は階下に、姉の部屋も廊下を隔てた先にある。

「お望みはあしたの青空ですね。承りました。ご指定の地域は？」

「この地域一帯」

「中心点は光樹くんの通う幼稚園でよろしいでしょうか」

「あ」

「すみません、暇だったのでずっと聞いてました」

筒抜けってやつか。俺は多少テレながら「まあ」と言葉を濁した。

「生まれて初めての運動会だっていうし、ここで願い事を使わなかったら、いつ使うんだって話だし」

「お任せください。あしたは最高の秋晴れにしてみせますよ」

自信たっぷりに請け合ったあと、〈奴〉は「あのう」と声をひそめた。

「一つうかがってもよろしいでしょうか」

「なに」

「小春さんとは、高校時代からのお知り合いなんですよね」

「え……ああ」

「すみません。てるてる坊主の出る幕じゃないのは承知の上ですが、どうしても気になってしまって……その、お二人は、いわゆる男女交際をされていたのでしょうか」

男女交際。ずばり問われて失笑した。

「いや、つきあってはないよ。小春とは同じ卓球部で、仲がよかったんだ。ものすごく」

「ものすごく仲がよかったのに、交際には発展しなかったのですか」

「うん」

「なぜでしょう」

「三人だったから」

「三人？」

「もう一人いたんだ。ものすごく仲がいい阿良太って奴が」

てるてる坊主を相手に俺は何を話しているんだろう。そう思いながらも舌が止まらない。ひょっとしたら、てるてる坊主が相手だからこそ無防備にさらせる胸の内もあるのかもしれない。

本当はずっと誰かに聞いてほしかった心の声。

俺は机に肘《ひじ》をつき、本腰を入れて語りはじめた。

「阿良太と俺は、小春と出会う前からの長いつきあいだったんだ」


同じ中央林間に住んでいた阿良太は小学校からの同級生で、ぐっと近づいたのは中学時代、卓球部の仲間になってからだった。ひととおりの基礎練を経て練習試合をさせてもらえるようになったころ、顧問から二人でダブルスを組んでみろと言われ、やってみたら、驚くほど息が合ったのだ。

左利きの阿良太に、右利きの俺。

お調子者ですぐ熱くなる阿良太に、クールな戦略家の俺。

スマッシュ大好きの阿良太に、守りに強い俺。

真逆の性向が吉と出たのか、練習好きだった俺たちは競い合うようにして互いの武器を強化し、コンビネーションにも磨きをかけて、勝てるペアへと成長した。三年生が引退した中二の夏には阿良太がキャプテン、俺が副キャプテンを任され、事実上、部内で無敵のペアとなった。

そこで、図に乗った俺たちは、

「うちみたいな弱小卓球部じゃなかったら、俺ら、もっといいとこ行けんじゃね?」

「俺らに必要なのは優秀な指導者だけなんじゃね?」

と考えるようになり、中学卒業後、卓球の強豪校として知られる町田の公立高校へそろって進学したのだった。

無論、卓球バカだった俺たちが受験で勝ち星をあげるには、親に頼んで同じ塾に通ったり、それ相応の試練があったわけだが、早く小春を登場させたいのでそこはカットする。

ともあれ、最強ペアを自負していた俺たちは名の知れた強豪校の卓球部員となり、同時に、名もない「その他大勢」の一人となった。

井の中の蛙《かわず》。あれほどこの言葉が刺さったことはない。俺たちの強さはあくまで弱小卓球部限定のそれであり、ひとたび大河へ漕《こ》ぎだせば、そこにはレベルの違う実力の持ち主がごろごろといた。努力じゃ埋められない圧倒的な身体能力の差。それをまざまざ見せつけられた俺たちは、早い話、あっという間にぽきんと折れたのだった。

部活には休まず参加したし、練習もこなした。放課後に体を動かすのはすでに日課の一つだったし、きっぱり卓球と決別するほどの覚悟もなかった。汗を流しても、流しても、しかし、俺たちの中にはもう中学時代の熱いものはなく、心のどこかは常に乾いていた。

そんな俺たちを潤すがごとく現れたのが小春だった。

同じ卓球部の新入部員だった小春は、お世辞にも卓球がうまいとは言えず、その他大勢の中でも底辺に近い位置にいた。端《はな》からレギュラー争いには無縁の存在。にもかかわらず、俺のセンサーが数いる女子部員の中からすみやかに彼女を選びだしたのは、単にショートカットとアヒルロが自分好みだったからというだけではなかったと思う。

「あの子、なんか毎日、楽しそうだよな」

ある日、ラリーをしていた小春が失敗しても失敗しても笑顔でぴょんぴょん跳ねつづけているのを見て、阿良太がぼそっとつぶやいた。瞬間、俺は二つのことを同時に考えた。「やっぱり阿良太もあの子を見てたんだ」と、「そうそう、あの子は『楽しそう』の一語に尽きる」と。

人に勝とうとか、いいところを見せようとか、まったく考えている節がない。ただ卓球が好きでたまらず、ラケットを握っていれば空振りだって嬉しい。そんな小春の屈託のない笑顔に、卓球につまずいていた俺たちが惹《ひ》かれたのは自然の理だったのかもしれない。

試合で一つの球を追うように、阿良太と俺は一人の女の子を追いはじめた。二人で。そう、ウブで臆病《おくびょう》だった俺たちはここでもタッグを組んだのだ。

「おい。あの子んち、なんと東林間らしいぜ。しかも、チャリ通《つう》だって」

阿良太が耳より情報をゲットしてきた翌日、部活帰りに俺たちは自転車置き場で小春を待ちぶせた。

「あのさ。俺たちも同じ方向なんだけど、よかったら一緒に帰らない？」

ジャンケンに負けて声をかけたのは俺だ。誘っているのは「俺」じゃなくて「俺たち」だ。たとえフラれても自分だけの恥じゃない。そう思えばこそ言えた。

誰に対しても気さくだった小春は、一瞬ぽかんと口を開けたあと、大きな前歯をのぞかせた。

「ついてこれるならね」

「え」

「私、かっ飛ばすから」

それ以来、部活終了後は三人で自転車をかっ飛ばすのが恒例となり、俺の高校生活は俄然《がぜん》、艶めいた。

気になる女の子と一緒に下校する。そんなことで毎日は簡単にバラ色になることを俺は全身で体感した。なんだ、卓球の才能なんかなくても楽しくやっていけるじゃないか、と。

問題は、町田の高校から東林間まではフルスピードで飛ばせば十五分とかからない、という点だった。ペダルを漕ぎながらじゃ会話も続かないし、狭い道では口もきけない。そこで、打開策として生まれたのが休憩タイムだった。

途中のコンビニでジュースやアイス、唐揚げなどを買い、外のベンチで小腹を満たしながらしばし語らう。部活の話。クラスの話。教師の話。家族の話。好きなバンドの話。話題の幅は徐々に広がり、口調も砕けたものになって、アスファルトが跳ねかえす太陽光に目の眩《くら》む夏が訪れたころには、とくに焦点のない無駄話のラリーを延々と続けられる関係になっていた。

そうして三人でいることがあたりまえになっていく中で、小春と二人きりになりたいという願望が俺の中になかったといえば嘘になる。恋愛感情はもちろんあった。性欲もあった。が、その一方で、男二人と女一人というアニメの主人公みたいな関係をどこかで楽しみ、得意がり、手放すのを惜しんでいる自分もいた。色恋の沼にはまらずに三人でいるかぎり、俺たちは濁りのない水際で戯れていられるのだから。

そもそも、小春の気持ちはどうなのか。それを考えるとたまらなく怖くなった。

小春は一見、俺たち二人に分けへだてなく接していたものの、注意深く観察すると、俺の発言より阿良太のそれに対するリアクションのほうが大きいように思えた。何かに同意を求める際、いつも俺より先に阿良太を見ている気もした。総じて俺よりノリのいい阿良太といるほうが楽しそうだった――と、これは小春に限った話ではないけれど。

要するに自分に自信がなかった俺は、高二に上がった春、思いあまって阿良太にこんな宣言をした。

「俺、高校卒業したら小春にコクるから」

それは、高校を卒業するまでは告白しない、という表明でもあった。

「高校生のうちは、できるならこのまま、三人の時間を大事にしたい」

おまえもそうしろと迫ったわけじゃない。ただ言下にその意を匂わせた。

俺のズルさを阿良太は許してくれたのだと思う。しばらく考えこんでから、「じゃ、俺もそうする」と、どんな試合にもフェアに立ち向かう彼らしい態度で約束した。

「高校にいるうちにどっちかがコクったら小春が困るだろうし、両方コクったらもっと困るだろうしな。高校卒業してからの勝負だ」

しかし、俺たちがその対決を迎えることはなかった。

俺の長年の友であり、卓球の相棒であり、小春をめぐる好敵手でもあった阿良太は、高校卒業より三ヶ月早い十二月二十一日、一人でこの世から卒業してしまった。

車のスリップ事故に巻きこまれての即死だった。


「ほんとに、アニメみたいだろ」

どうやら、てるてる坊主もショックを受けると言葉を失うものらしい。机上で凍りついたように黙している〈奴〉を見下ろしながら、俺はひとりごとに近い小声で語りつづけた。

「マジ、突然すぎて現実感がなかったよ。ほんとに突然……いつも一緒だった奴が急にいなくなって、なんか今でも、俺の人生も、そこで半分終わっちゃった気がする」

阿良太の急逝は自分の中でいまだに整理のつかない問題だ。ただの友達を超えた相棒、時には分身のようにさえ感じていた存在の喪失。今でも俺の胸には阿良太の人形《ひとがた》をした穴がぽっかり空いている。

「ご心痛、お察しします」

長い静寂のあと、めずらしく遠慮がちな〈奴〉の声がした。

「何と申しあげればいいか……。高校三年生とはあまりにも若く、お気の毒でなりません。あなたも小春さんも、さぞお力を落とされたことでしょう」

「ほんと言うと、あんまり憶えてないんだ、あのころのこと。ダメージでかすぎて……」

正確に言えば、思い出したくない。

「とにかく一人になりたくて、ずっと部屋にこもってた気がする。しばらくは学校も行けなかった。だから、小春のことはわからないな」

「わからない？」

「もちろん、小春も小春で苦しんでたはずだよ。けど、詳しくは知らない」

「会われていなかったのですか」

「ん。俺も連絡しなかったし、小春からもなかった」

「どうして」

「どうしてかな。たぶん……」

たぶん、俺たちは後ろめたかったのだろう。三人が二人になってしまったことが。阿良太の去った世界に自分たちだけしゃあしゃあと生き残っていることが。

「そんなことあるわけないんだけどさ、俺、あのころ、よく考えたんだ。もしかしたら俺は心の底でずっと、阿良太さえいなけりゃって思ってて、そんな俺の怨念《おんねん》みたいなやつが、積もり積もって阿良太を死なせちゃったんじゃないかって」

「そんなバカな」

「だよな。けど、そんなバカみたいな考えが、どうしても頭から離れなかった。だから、もう無理だったんだ」

「無理？」

「小春と慰め合ったり、励まし合ったりして、なんつーか、阿良太の死に便乗して仲を深めるようなこと」

軽く唇を噛《か》んだあと、しんみりしすぎた空気の換気を図り、俺は努めて声を張った。

「で、小春とはそれっきり。高校卒業後も会ってない。阿良太が死んで、俺は勉強も投げだしちゃったから、当然だけど受験は全滅だったし、小春も志望の大学に落ちたって聞いた。俺は一浪したけど、小春は進路を変えて看護学校へ進んだんだ」

「小春さん、ママになるのが夢だったのではないですか」

「うん。だから、やっぱり、影響あったんだと思う」

「影響？」

「阿良太の死」

「ああ……」

「普通のＯＬになって早いとこ結婚するって言ってた小春が、看護師だもんな」

小春にとって阿良太はそれだけ大きな存在だった。突然の進路変更を知った日の羨望《せんぼう》とも嫉妬《しっと》ともつかない感情の噴流はいまだ完全に収まっていない。

「けど正直、やっぱ女は強いなって思うよ。俺なんか、阿良太が死んでからずっとぐだぐだで、いまだに調子が出ないっていうか、となりのコートから自分の人生、ぼけっとながめてる感じなんだけど……。でも、小春はとっくに前を向いて、新しい道をめざして、ちゃんと看護師になった。敵《かな》わないよな」

ははは、と乾いた笑い声を立てる。

そのうつろな音に、「そうでしょうか」と〈奴〉の声が重なった。

「小春さんは、本当に自分のコートで生きているのでしょうか」

「え」

「阿良太さんの死を境に、小春さんもまた、本来のそれとは違うコートへ迷いこんでしまったのではないでしょうか」

「……」

「少なくとも今日、お二人のお話をうかがっていて、私にはそう思えました。小春さんが今の人生にとまどわれているように」

〈奴〉との対話は尻切れトンボのようなもどかしさを残して終わった。

「すみません、てるてる坊主の分際で、さしでがましいことを」

そうつぶやいたのを最後に〈奴〉は口を閉ざし、まるで普通のてるてる坊主に成りすましたみたいに、机上の雑多な無機物が象《かたど》る日常に擬態してしまったからだ。

俺の中にさざめき止まない波を残して。


三つ目の願い事が降りてきたのは、その数時間後のことだった。

ひさびさに横たわる実家のベッドの上で、俺はまんじりとして眠れないまま〈奴〉の言葉を反芻《はんすう》していた。

小春は本来のコートにいない。てるてる坊主に指摘されるまでもなく、そんなことは俺もとうに感じていた。本人は多くを語らないまでも、大口を開けて笑わなくなった彼女の顔には我慢とあきらめが透けていた。感情の殺し方に長《た》けてしまった微笑《ほほえ》み。もしや、それが光樹の無表情とも関係しているのか。

他人の俺にはわからない。が、子ども三人の存在を隠していた男と結婚し、好きな仕事も断念しなければならない人生が、けっして小春の本望でなかったのはわかる。

しかし、わかったところで何になる？　今の自分に何ができる？　長いこと音信不通だった彼女のコートに乱入し、やっぱり俺とペアを組もうとでも言うのか？　それが本来あるべき人生だったと？

まさか、と考えたそばから俺は醒《さ》めた頭で否定する。今さらそんなことをするくらいなら八年前にやっている。

小春と二人で築く未来。俺はそれを選ばなかった。

俺には阿良太が必要だった。

高校卒業後、俺が正々堂々と小春に告白するためには、どうしても生きている阿良太が必要だったんだ。

——私、ときどき、どうしても考えちゃうんだ。阿良太が生きてたら、自分の人生、ぜんぜん違ってたんじゃないかって。一平もそんなこと考えることある？

今も耳に焼きついている小春の声。

ああ、考えたよ。俺だって。今だって。いやになるほど考える。考えて考えて考えて、同じことばっかり頭でくりかえして、くりかえしすぎて擦りきれて血が出そうになって、それでもまだ考える。

もしも阿良太があの日、受験勉強に飽きて息抜きしようなどと考えなかったら。夜中に家を抜けだして近所のコンビニへ行き、どうでもいいような雑誌を買ったりしなければ。

その帰りにスタッドレスタイヤをつけていない車とすれちがったりしなければ。

あの日の地面が凍っていなければ――。


「あ」


翌日はどこへも寄らずまっすぐ帰路につく予定だった。

ここは阿良太が死んだ町。

阿良太が生きていた町。

今でもそこかしこから彼の気配が顔をのぞかせ、油断していると不意をつかれる。感傷の大波小波にもまれるリスクを冒してまで予定を変更したのは、あくまで念のため、「一応、この目で確認だけでも」と考えてのことだった。

断じて期待などしていなかった。だって、そんなわけはない。そんなことが起こりうるわけがない。

ひしと自分に言いきかせていた俺は、帯状疱疹とシゲタさんの話を聞きながら朝飯を済ませ、庭の掃除を手伝ったあと、さほど弾まない足取りで実家を後にした。

めざすは相模大野と東林間の中間地点。歩いて行けない距離でもないので、スマホの地図アプリを頼りにぶらぶらと向かった。

昇りたての太陽が照り映える空は雲一つないミントブルーに澄み渡っていた。ケチのつけようがない秋晴れだった。接近中だった低気圧はくるりと回れ右をして、二つ目の願いは見事に叶えられたわけだ。となると三つ目も——いや、ありえないことはありえない。

道中、ややもすれば勇みだす足を抑え、落ちつけ、落ちつけ、と自分を御しつづけた。わずかな隙《すき》に忍びよってくる甘い見込みを全力でねじふせて。それでいて、住宅地の向こうからおなじみの行進曲が聞こえてきた瞬間、俺の心臓はドラムロールばりの連打に震えていた。

俺がその門をくぐったとき、折り紙や風船で彩られた幼稚園のグラウンドでは、親子ワンペアの障害物レースのようなものが始まったところだった。紅白の帽子をかぶった園児と手をつないでいるのはもっぱら母親だが、中には父親や祖父母らしき面々もいる。グラウンドにはマットを重ねたスロープや、ロープで作られたジグザグ道、フープを連ねたトンネルなどが配され、四組の親子はそれらの障害物を乗りこえてゴールをめざす。前半の滑りだしに成功し、渋滞しがちなトンネルに先着するのが勝利の鍵のようだ。

コースを取り巻く観衆たちの陰から注視すること十数分、ついに目当ての顔を見つけた。

小春だ。スタート地点で困った顔をしながら開始の合図を待っている。

困らせているのは光樹だ。順番が待ちきれないのか、その場で足をジタバタし、隙あらば駆けだそうとするのを小春が必死で止めている。その手を払ってイーッと歯をむきだしたり、ぷうっと頰をふくらませたりと、光樹の表情は忙しい。昨日の無表情とは雲泥の差——いや、だから、そんなまさか。

ついにスタートのピストルが鳴った。

我先にと光樹が前へ出る。我が子をカメラに収める人々にまぎれ、俺も強ばった手でスマホをかざした。闘争心むきだしでスロープに挑む光樹に照準を絞る。昨日会ったばかりの男児の顔。しかし、画面いっぱいに拡大するなり、あれ、とわずかな違和をおぼえた。顔全体の印象は変わらない。が、細部が微妙に違っているような。

こんなにぱっちりした目だったか？

耳はもっと大きくなかったか？

昨日は少しも感じなかった。なのに今、目をこらせばこらすほど、画面に映る男児の顔は俺のよく知る誰かと似ているのだ。

「そんな……」

頭を駆けめぐる「まさか」が徐々にか細く、鈍い響きになっていく。それに反比例して高まっていくのが「もしや」の三字だ。もしや、もしや、もしや——。

極めつきはゴールの先にあった。

一位でテープを切った母子に歩みよってくる男の影。光樹がその腰に抱きつく。父親か。

俺は小刻みに震える指先で画面をスライドし、光樹から男の顔に焦点を移した。

「あ……」

息が止まった。

時が歪《ゆが》んだ。

満面の笑みで拳《こぶし》を突きあげる光樹を抱きあげ、真っ青な空に向かってタカイタカイをしている男は、見まがうわけもない俺の元相棒、八年前に死んだはずの阿良太その人だった。


どこをどう歩いたのかまるでおぼえていない。

リュックの中からテルテルと音がするのに気がついたとき、俺は見知らぬ公園にいた。見渡すかぎり人の影がなく、ペンキの剥《は》がれたカバやウサギの遊具ばかりが目につくうらさびしい公園。

木陰に色褪《いろあ》せたベンチを見つけ、崩れるように腰を下ろした。

ひざに載せたリュックの中をのぞく。

「グッジョブ！　でしょ。ね、ね？」

〈奴〉の誇らかな声を聞いた瞬間、くらりとめまいがするのと同時に、全身から汗が噴きだした。

「無理、無理。さすがについていけない。なにあれ、ありえないって。なんか俺、吐きそう」

頭の中がトルネード状態の俺に、〈奴〉は「さむざむ」といつもの調子で返した。

「ひどいなあ。いくらなんでも、そんな言い方はないと思いますよ」

「いや、だって……」

「願ったのはあなたじゃないですか。せっかくテルテル王国総出で叶えてあげたのに」

そう言われると返す言葉もなかった。

たしかに〈奴〉の言うとおりだった。願ったのは俺だ。

忘れもしない。昨夜ひらめいた三つ目の願い事。その途方のなさに自分でもあきれながら、俺は言うだけ言ってみたのだった。

「天気のことならなんだって、どーんと任せろって言ったよな。だったら八年前のあの日……十二月二十一日の天気を変えてくれないか。この町に降りつもった雪を、変えられるものなら雨に変えてくれ」

あの日、この町を白一色に塗りつくした雪さえなくなれば、車のスリップ事故も、阿良太の死もなかったことになる。そんな大それた考えをたしかに抱いた。が、まさか本当に叶えられるだなんて夢にも思っていなかったし、〈奴〉が返した「承りました」も真に受けちゃいなかった。

時空を超えて空模様を左右するほどの力をてるてる坊主が持ちあわせているなんて、

いったい誰が思うだろう？

「ダメだ。やっぱり信じられない」

頭を抱えて俺は唸った。

「どう考えてもありえない」

「信じる信じないは自由ですけど……」

〈奴〉はけろりとしたものだった。

「実際、阿良太さん、生き返ってますよ」

「う」

「ぴんぴんしてるのを見たでしょう」

「……ああ、見たよ。けど、こんなことあっていいのか？　なんつーか、この世の原理に反してるっていうか……」

「お願いですから、どうか人間の物差しですべてを測らないでください。我々は非科学の申し子、てるてる坊主ですよ。人間界の原理原則を押しつけられても困ります」

「そりゃそうかもしれないけど……」

というか、そもそも、てるてる坊主とこうして言い合っている時点で、すでに原理もへったくれもないのかもしれないが。

「もっと頭を柔らかくしてくださいよ」

再び言葉をなくした俺に、頭の中がティッシュの〈奴〉は言った。

「なにはともあれ、よかったじゃないですか。八年前の事故はなかったことになって、阿良太さんは生きている。嬉しくないんですか」

「よかったよ。こんなによかったことはないよ。阿良太が生きてて嬉しくないわけがない。けど……」

「けど？」

「芯《しん》のところで嬉しさを実感するには時間がかかりそうだ」

俺の硬い頭はこの現実に追いついていない。昨日と今日、わずか一夜のうちにもたらされた驚天動地の変換に。

ついぞ感情の起伏が見られなかった光樹と、リアクションがド派手になっていた光樹。苦い笑みを唇に張りつけていた小春と、晴れやかな笑顔を振りまいていた小春。高三の冬に死んだ阿良太と、八年分の歳月を顔に刻んで生きていた阿良太。

そうやすやすとは飛び越えられないギャップながらも、事実、俺のスマホには今日という日の証拠がリアルに焼きつけられている。

「あの二人が一緒になったってことは……」

もう一つのリアルも浮き彫りになった。

「俺、卒業したあと、フラれたんだな」

「そのようですね」

「小春はやっぱり阿良太だったんだ。なんとなく予感はあったけど」

「そのままでしたね」

「俺、あの二人を幸せにするために三つ目の願いを使ったようなもんだな」

「いかにも。後悔してますか」

「まさか。小春が子だくさんの男にだまされるのに比べたら……」

今日、阿良太のそばで自然に顔をほころばせていた小春を思うと、俺の胸は嘘偽りのない安堵に満たされる。

「ま、あと何日かしたら、めちゃくちゃ悔しくなるのかもしんないけど」

「では、あなたがその悔しさや嬉しさを実感していく様子を、私は雲の上から楽しみに拝見させてもらいます」

「え」

「三つの願い事は無事達成、担当の仕事はここまでです。私はこの体を離れてテルテル王国へ戻ります。さようなら」

あっけにとられる俺に、〈奴〉は至ってあっさりと別れを告げた。

「あなたの願いがすべて叶って、今の私はすこぶるはればれしています」

これ以上ないほどはればれとした声を最後に、リュックの中に鳴り響いていたテルテルの音は止み、その後、俺が二度とそれを聞くことはなかった。これ以上ないほど人を混乱させておきながら薄情な。と思うのは、やっぱり人間の物差しなのか。

急にすかすかになった気がするリュックを担ぎ、俺は一人、ぼうっと家路についた。

そして、その二時間弱の道中、かつてない感情のアップダウンを経験することになったのだった。


まず一発目のブローは「喜」だった。

時間がかかると思っていた嬉しさの実感。それが早くもじわじわこみあげてきたのは、相模大野駅へと歩いている途中、かつて阿良太の母親がパート勤めをしていた蕎麦屋《そばや》の前を通りかかったときだった。

阿良太の葬式で号泣していたおばさん。

そのとなりで肩を震わせていたおじさん。

あのやるせない情景を思い出したとたん、さっき幼稚園で目にした阿良太の姿——掟《おきて》破りの現世復帰が、突如として何ものにも代えがたい奇跡的なギフトのように思えてきたのだった。

阿良太の死がなかったことになれば、あの両親の涙もなかったことになる。俺や小春のそれも含めて、阿良太の死をめぐる膨大な悲しみが消える。みんなが阿良太を取りもどす。阿良太も人生を取りもどす。小春は本来のコートに戻る。俺の人生を淀《よど》ませていた暗い影も消える。

完全無欠のハッピーエンドじゃないか！

と、俺の心はしばしのあいだ究極の多幸感に包まれた。が、しかし――

一寸の影もない「はればれ」を維持できたのは、新宿で小田急線から山手線に乗り換え、外回りの電車で日暮里《にっぽり》をめざしていたあたりまでだった。

京成本線の生活感が強烈すぎたのかもしれない。毎朝毎夕のラッシュを思い起こさせるメタリックカラーの電車に乗りこむなり、ぱんぱんに膨らんでいた胸を極細の針でなでられたように、あれ、といやな感触がかすめた。あれ。あれ。あれ。俺が焦っているあいだにも、少しずつ、しかし確実に幸福な気分はしぼんでいった。窓の向こうを見飽きた景色が通りすぎ、日常の本拠たる町が刻々と迫ってくるにつれて、代わりに幅をきかせてきたのは馴染《なじ》みの「物憂さ」だ。

阿良太が生きていた喜びと、連休が終わってしまう残念さは、どうやら俺の中で共存できるらしい。

あしたからまた満員電車か。そう思うと、正直、気が重い。休み明けには新たなノルマの通達があるし、クレームの電話もじゃんじゃんかかってくる。ラインに届いたゴルフのリスケにも早いとこ返事をしなくては。

世知辛い現実と向きあうほどに心の雲行きが怪しくなっていく。

なんだかなあ、と俺は首をひねった。

阿良太さえ生きていれば――と、何かにつけてこれまで思ってきた。相棒の死を機に何かが狂ってしまわなければ、俺はもっとマシな人生を歩んでこられたはずだ、と。

しかし実際、阿良太が生還したというのに、俺の冴《さ》えない毎日はちっとも変わっていない。いや、むしろナイスカップルの幸福を目の当たりにしたことで、むしろ自分自身のしょぼさが倍増した気さえする。この現状に「さむざむ」した直後、俺ははたと思ったのだった。

ってことは……。

阿良太が死んだせいじゃなかったってことじゃん？

それは落雷のごとく衝撃的な、かつ身も蓋《ふた》もない気付きだった。

親友の死から立ち直れない。思えばこの八年間、何かにつけて俺はそれを言いわけにしながら生きてきた。大学を一浪したのも、就職を一浪したのも、会社でうだつが上がらないのも、心のどこかで阿良太の死を引きずるが故の低迷として捉《とら》え、さしたる努力もしてこなかった。つまるところ、阿良太の死の上にあぐらをかいてきた。

何やってたんだろう、俺……。

京成高砂《けいせいたかさご》駅のホームに降りたった瞬間、こみあげる涙に空が湿った。

俺のあしたを晴れにできるのは俺自身だけだったのに。

——と、かくもめまぐるしい感情の七変化を経た心は、駅から徒歩十五分の1Kにたどりついたとき、最終形として無に近い静けさを湛《たた》えていた。

始まりの無。

リセットの無。

部屋に戻った俺が最初にしたのは、〈奴〉の抜け殻を今一度、窓辺のカーテンレールに吊すことだ。

そして、誓った。テルテル王国へ届くと信じて。

「とりあえず、あしたからはもっと身を入れて生きるよ。一から出直す気で仕事のスキルを磨いて、どんなクレーマーにも負けないしつこさで謝り倒して、オフの日は外へ出て楽しいことでも見つけて……そうだ、ゴルフ教室にも通おう。たぶん、あっという間にシングルプレーヤーになっちゃうと思うよ。だって……」

だって、この世界にはどんなことだって起こりうるんだから。

声に出さずにつぶやくと、午後の陽《ひ》をかぶったてるてる坊主の口がうっすら微笑んだ気がした。

出典・初出

「雨の中で踊る」――「小説新潮」二〇二二年一月号／新潮社
「Dahlia」――アンソロジー『十年後のこと』所収／二〇一六年／河出書房新社
「太陽」――アンソロジー『25の短編小説』所収／二〇二〇年／朝日新聞出版
「獣の夜」――アンソロジー『女ともだち』所収／二〇一八年／文藝春秋
「スワン」（『ラン』番外編）――ウェブサイト「ちょっと一服ひろば」二〇一六年公開 ※現在は公開終了／ＪＴ
「ポコ」――アンソロジー『Day to Day』所収／二〇二一年／講談社
「あした天気に」――「小説トリッパー」二〇二二年冬季号／朝日新聞出版

装丁　鳴田小夜子（KOGUMA OFFICE）
装画　一色美奈保

森絵都（もり・えと）

一九六八年東京都生まれ。早稲田大学卒業。九〇年「リズム」で講談社児童文学新人賞を受賞しデビュー。九五年『宇宙のみなしご』で野間児童文芸新人賞、産経児童出版文化賞ニッポン放送賞、九八年『アーモンド入りチョコレートのワルツ』で路傍の石文学賞、『つきのふね』で野間児童文芸賞、九九年『カラフル』で産経児童出版文化賞、二〇〇三年『DIVE!!』で小学館児童出版文化賞を受賞する。〇三年、児童書ではない初の一般文芸書『永遠の出口』を上梓し高い評価を得る。〇六年『風に舞いあがるビニールシート』で直木賞、一七年『みかづき』で中央公論文芸賞を受賞、同作で本屋大賞二位。著書に『いつかパラソルの下で』『ラン』『この女』『気分上々』『漁師の愛人』『クラスメイツ』『出会いなおし』『カザアナ』『できない相談 piece of resistance』など多数。

獣《けもの》の夜《よる》

2023年7月30日　第1刷発行
2023年8月30日　第2刷発行

著者　森　絵都

発行者　宇都宮健太朗

発行所　朝日新聞出版
〒104-8011 東京都中央区築地5-3-2
電話 03-5541-8832（編集）
03-5540-7793（販売）

印刷製本　加藤文明社

ISBN978-4-02-251911-5

定価はカバーに表示してあります。
落丁・乱丁の場合は弊社業務部（電話03-5540-7800）へご連絡ください。
送料弊社負担にてお取り替えいたします。